Uwe Spannhake
Aus dem Leben
Erzählungen

Der Autor lebt in Verden (Aller), einer Kleinstadt in Norddeutschland in der Nähe von Bremen.

Uwe Spannhake

Aus dem Leben

Erzählungen

Für Claudia – Du weißt warum

und natürlich für meine erwachsenen Kinder.

Bibliografische Information der Deutschen Nationalbibliothek:
Die Deutsche Nationalbibliothek verzeichnet diese
Publikation in der Deutschen Nationalbibliografie;
detaillierte bibliografische Daten sind im Internet über
http://dnb.dnb.de abrufbar.

Herstellung und Verlag: BoD – Books on Demand,
Norderstedt

ISBN: 978-3-7448-9678-8

„Die Sehnsucht selbst ist ein Unterpfand dafür,
daß das, was wir ersehnen, existiert!"

Karen Blixen an Thorkild Børnvig
(entnommen aus Ketil Bjørnstad: „Oda", Insel Verlag 2008)

Inhalt

„Aber wie du ja weißt, wiederholen lässt sich da nichts, wir müssen den Augenblick festhalten und die Freude daran damals." (aus einer Email)

„Wir werfen die Schatten unserer Gefühle
auf die anderen und sie die ihren auf uns.
Manchmal drohen wir daran zu ersticken.
Doch ohne sie gäbe es kein Licht in unserem Leben."

Altarmenische Grabinschrift
(entnommen: Pascal Mercier: „Lea", Hanser Verlag 2007)

Tag des Denkmals

12. August 2012, Blender-Varste
Hermann war gespannt. Auf Druck von Freunden beteiligte er sich in diesem Jahr am ´Tag des Denkmals`, öffnete erstmals und – wie er selbst glaubte – auch einmalig Tür und Tor für Besucher, die an Geschichte, Hofgeschichte und niedersächsischer Baukultur Interesse hatten. Doch wo er die Mühe, Haus und Hof herzurichten, auf sich genommen hatte, wünschte er sich natürlich auch viele Besucher.

Er liebte seinen Hof, das alte Bauernhaus mit der großen Diele, den restaurierten zweigeschossigen Speicher aus dem Jahr 1711 mit dem mächtigen Eichenfachwerk, das kleine „Flüchtlingshaus", den angrenzenden Bauerngarten mit den vielen Stauden, den Buchsbaumhecken und der großen Eibe vor dem Stubenfenster.

Wenn nur seine Hüfte den Tag über mitmachen würde. Aufstehen und langes Stehen verursachten zunehmend Schmerzen, aber auf eine Operation und ein künstliches Gelenk wollte er es noch nicht ankommen lassen. Ansonsten fühlte er sich dem Ansturm der Besucher gewachsen.

Schon gegen 11 Uhr bildeten sich vor dem Speicher und am Hofeingang kleine Gruppen, in der schattenspendenden Diele saßen die ersten Gäste bereits bei Kaffee und Kuchen, Stimmengewirr erfüllte den Innenhof. Offensichtlich war es eine gute Idee, die örtliche Theatergruppe mit ins Boot zu nehmen. Die Theatergruppe bestand in dieser Form seit 1994, hervorgegangen aus einem gemischten Chor, der sich dann auch auf alte Theatertraditionen besonnen hatte. Seit der Renovierung der Diele vor 10 Jahren führten die Laienschauspieler hier ihre Stücke auf, fast immer bei allen acht Aufführungsterminen bis auf den letzten Platz belegt. Die Stellwände fanden Interesse und der Kuchenverkauf war dadurch organisiert. Insofern würden wahrscheinlich auch etliche Theaterfreunde kommen.

An der Wand der Scheune hatte er am Vorabend Fotos aufgehängt, die Auswahl war ihm dabei schwer gefallen. Er hatte lange über den Fotoalben gesessen, später seine Frau um Rat gebeten. Letztlich hatte er sich entschieden: er als junger Hofbesitzer, bei der Ernte, mit den beiden Jungen, seiner Frau und einem Schäferhund am Eingang des Hofes – sie hatten trotz all der harten Arbeit seiner Meinung nach ein glückliches Familienleben – ein weiteres Bild mit ihm auf einer Pferdekutsche im Schneewinter, war es 1961 oder 1962 - vor dem langen Weg nach Verden. Auch Kopien seiner Zeugnisse über die Ausbildung an der Landwirtschaftsschule in Verden und Dokumente aus der NS-Zeit zur Bereitstellung von Behelfswohnraum für ausgebombte Großstadtfrauen mit Kindern hatte er ausgewählt.

Bis zum Mittag hatte er schon fünf Gruppen über den Hof geführt und schon kam eine neue Besuchergruppe am Speicher zusammen. „Sie sehen hier Eichenholzbalken, ohne jede Chemiebehandlung. Wenn man sie richtig verwendet und einsetzt, kann die Feuchtigkeit jederzeit wieder entweichen, dann halten die mindestens hundert Jahre. Heutzutage oder nein, wohl eher bis in die 90er Jahre meinte doch jeder, man müsse die Chemiekeule verwenden, um die Haltbarkeit zu gewährleisten. Da waren die Alten klüger", schmunzelte er. Voller Begeisterung erzählte er von Funden in den umgebenden Feldern, prähistorische Scherben, Teile von Tongefäßen, Werkzeuge der Altvorderen. Und von der langen wechselhaften Geschichte des Hofes, bereits 1260 urkundlich erwähnt; zwei Großbrände um 1660 und 1890 stellten schwere Schicksalsschläge dar.

Plötzlich konnte Hermann sich kaum auf seine weiteren Worte konzentrieren. Die Frau, die sich eben dazu gestellt hatte, weckte Erinnerungen, sehr alte Erinnerungen, die Haare, das Lächeln, die Mundpartie – Lena. Seine Gedanken waren nach so vielen Jahren auf einmal wieder bei Lena, der Frau, mit der er sich eine gemeinsame Zukunft hatte vorstellen können, nein mehr, damals in Schweden so sehr gewünscht hatte.

4. August 1955, Blender-Varste

An diesem Morgen benötigte Hermann nicht das Klingeln des Weckers, er bemerkte auch kaum die ersten Sonnenstrahlen, die sein Bett erreichten. Er war aufgeregt, die Gedanken beim Einschlafen waren sofort wieder da. Das vom Onkel überlassene alte BMW-Motorrad stand bereit. Er würde den Hof der Eltern verlassen, er würde den Beginn seines neuen Lebens in Schweden wahr machen. Er würde seine Zukunft in die eigenen Hände nehmen. Die Eltern und die jüngeren Geschwister schliefen noch. Schwungvoll stand er auf und schlich dann leise zur Küche hinunter, ein Becher Kaffee, zwei Scheiben Brot, das genügte zunächst. Er belegte weitere Brote für die Fahrt und suchte nach einer passenden Dose.

Seinen Vater erkannte er am schlurfenden Schritt. Er betrat die Küche, die Standuhr schlug genau in diesem Moment an, 6 Uhr früh. Sein Vater grüßte wie jeden Morgen, doch seine Stimme war belegt. Wenngleich er kaum gehofft haben konnte, dass sein Sohn noch zur Einsicht, zur Aufgabe der Pläne kommen würde, so fiel ihm dennoch der Anblick schwer. Wann würden sie sich wiedersehen? Auch der spätere Abschied von Michael und Dörte, seinen Geschwistern, sowie seiner Mutter fiel schwer.

20. Mai 1956, Borlänge

Hermann lag in dem Bauwagen, der den Waldarbeitern zur Verfügung stand. Mittlerweile hatte er Routine und auch Muskeln genug, um mit den Kumpels aus Russland, Norwegen und Schweden mithalten zu können, wenn im Akkord die Stämme fielen. Doch er hatte keine Lust gehabt, nach der Arbeit noch mit den anderen in den Ort zu gehen und die üblichen Kneipengespräche zu führen. Letztlich war auch sein Schwedisch dazu noch nicht gut genug.

Er dachte über die Stationen der vergangenen Monate nach, wann ihm Glück, Zufall oder Unbekümmertheit weitergeholfen hatten. Irgendwie hatte er immer einen Weg gefunden. Offensichtlich blieb ihm das Glück treu. Durch die Vermittlung von einem der Kumpel, mit denen er hier zusammenarbeitete, lag seine nächste Station in Stockholm. Er hatte für die Dauer der olympischen Reiterspiele eine Tätigkeit in den Ställen der russischen Mannschaft bekommen. Ausmisten, Stallgasse fegen, Putzen der Pferde, Lederpflege - das traute er sich ohne weiteres zu. Zudem kannte er vom heimischen Hof den Umgang mit Pferden von klein auf.

10. Juni 1956, Stockholm

Hermann ließ seinen Blick im alten Stockholmer Backsteinstadion umherschweifen, er konnte sein Glück kaum fassen. 23.000 Zuschauer füllten das Rund und er durfte bei der feierlichen Eröffnungszeremonie der olympischen Reiterspiele zusehen, wenn auch nur mit eingeschränktem Blick am Rand des Übergangs von den Pferdeställen zum Stadion. An dieser Stelle waren die Galakutschen des Hofes mit dem schwedischen und dem englischen Königspaar in die Arena gerollt und nun kamen die Reiter in der Reihenfolge des Alphabets, voran die Amerikaner.

Als die deutschen Reiter an ihm vorbeizogen, war die Sicht etwas versperrt. Er meinte aber Fritz Thiedemann und Hans Günther Winkler erkannt zu haben. Wie zuvor im Januar bei den Winterspielen in Cortina d´Ampezzo, dort stürzte der olympische Fackelträger, passierte auch hier ein Missgeschick. Der Amerikaner Steinkraus wurde nahe der königlichen Loge von seinem Pferd abgeworfen. Aber er konnte unverletzt wieder aufsteigen. Hermanns Augen leuchteten, als am Marathontor Hans Wikne, der letzte Stafettenreiter, die lodernde Fackel hob und das olympische Feuer entzündete. Er konnte zu diesem Zeitpunkt nicht ahnen, dass der emotionalste Moment der Olympiade für ihn damit noch nicht erreicht war. Jetzt musste er aber zu den russischen Stallungen zurück. Sein Einsatz wurde erwartet. Er musste rasch ausmisten und das Futter aus Weizen und Karotten mit Vitaminpräparaten bereitstellen. Er hatte gehört, dass sowjetische Tierärzte lange geforscht hatten, um dieses Spezialfutter in der richtigen Mischung herzustellen. Er wollte auf keinen Fall unzuverlässig wirken, und Disziplin hatte er schließlich gelernt, sowohl bei der Waldarbeit in den Monaten zuvor als auch bei der Arbeit auf dem abgelegenen Hof in Mittelschweden.

12. August 2012, Blender-Varste

Ausgerechnet die Frau, die ihn so sehr an Lena erinnerte, stellte immerzu Fragen und blieb mit ihrem Begleiter als letzte der Gruppe übrig, alle anderen hatten schon die Diele aufgesucht. Hermann hatte sich zwar längst wieder unter Kontrolle, musste sie aber ständig ansehen. Zum Glück war die Stimme nicht auch noch ähnlich. Als der Mann an ihrer Seite eine Frage zum Hofleben in der Nachkriegszeit stellte, entschloss sich Hermann, den beiden außer der Reihe das Innere des Hauses zu zeigen.

Sie hatten es sich doch so schön hergerichtet, da war er seiner Frau sehr dankbar. Sie hatte ein Händchen dafür. Sie hatte darauf bestanden, die handgefertigten Mosaikkacheln im Eingangsbereich zu restaurieren und den graublauen Farbton darin mit eigens gemischter Ölfarbe bei der Renovierung der Türen wieder aufzunehmen. Das war mutig und stieß damals im Freundeskreis durchaus auf Kritik. Auch der neue Kachelofen war von ihr eingefordert worden, nachdem Hermann Anfang der 60-er Jahre die schönen alten Öfen herausgehauen hatte. Wie sehr hatte er sich später darüber geärgert. Er erinnerte sich daran, dass er aber auch heute noch im Besitz einiger Schätze war. Besonders auf die Bleistiftzeichnung des jungen Goethe war er ungemein stolz, er hatte sie tatsächlich bei einer Haushaltsauflösung im Schloss in Winsen/Aller gefunden.

Die Frau, er schätzte sie auf Mitte 40, hielt diese Zeichnung beinahe andächtig in der Hand, er hatte den Rahmen von der Wand genommen und ihr zum

Betrachten gereicht. Das gab Hermann Gelegenheit, noch einmal ihre Gesichtszüge zu studieren. Ja, Lena.

12. Juni 1956, Stockholm

Hermann steuerte auf das Kassenhäuschen zu und sprach in seinem allmählich flüssiger werdenden Schwedisch die junge Frau an. Er hatte seine Papiere, die ihn als Stallburschen auswiesen, vergessen und versuchte das nun zu erklären. So unkompliziert hatte er sich das nicht vorgestellt, die junge Frau lächelte ihn herzerfrischend an und winkte ihn schnell durch. Hermann dachte kurz, dass das auch gerne etwas länger hätte dauern können. Er war von ihrem Lächeln fasziniert. Als er sich noch einmal kurz umblickte, begegnete ihm ihr Blick. Auch sie hatte hinter ihm hergeschaut. In diesem Moment dachte er zufrieden daran, dass er sich am Morgen beim Blick in den Spiegel gefreut hatte, wie kräftig sein Körper durch die harte Arbeit geworden war.

Am frühen Abend mistete Hermann wie an den Tagen zuvor die Boxen und Stellplätze aus. Er fächerte gerne das Stroh breit aus, es erinnerte ihn an die Heimat. Außer den wenigen Briefen an seine Eltern und den bald darauf einkehrenden Antworten, fast immer schrieb die Mutter, hatte er nun schon seit mehr als zehn Monaten keinen Kontakt mehr nach Deutschland. Auch die Nachrichtenlage war spärlich. Aber Heimweh wollte Hermann sich nicht gestatten. In diesen Gedanken gefangen blickte er auf. Das war doch die Frau aus dem Kassenhäuschen von heute Morgen, was machte die denn hier? Sie sprach ihn an und fragte nach einem bestimmten russischen Offizier. Er wies ihr den Weg und hörte, dass sie mit dem Offizier über die Unterbringung der Pferde sprach, ob alles in Ordnung wäre. Nach etwa einer Viertelstunde – er selbst hatte sich mittlerweile gewaschen und umgezogen – kam sie wieder über die Stallgasse zurück, Hermann fand aber einfach keinen Grund, sie erneut anzusprechen. Sie lächelte ihm zu und ging dann zügig weiter.

Hermann holte seine Jacke, löschte das Licht bis auf ein kleines Notlicht und wollte nun Feierabend machen. An der letzten Box hörte er ein Stöhnen, beim Blick hinein erkannte er eine menschliche Gestalt. Da lag jemand im Stroh, vollkommen betrunken. Igor? So ein Mist, schoss es Hermann durch den Kopf. Gerade sein Stallburschenkollege Igor durfte so nicht erwischt werden, der würde sofort rausfliegen, und das wäre für seine Familie eine Katastrophe. Wie aber sollte er ihn ins Bett bekommen, so, dass keiner etwas mitbekam? Hermann sah sich um. Kein Mensch weit und breit. Er lief vor die Stalltür. Da ging ja die junge Frau noch, anscheinend hatte sie mit Oleg geplaudert, der gerade ins Mannschaftszelt entschwand. Hermann nahm sich ein Herz und setzte hinter ihr her, bat ausgerechnet sie um Hilfe. Später dachte er noch häufig an diese spontane Reaktion, er hatte sich mit diesem Vertrauensvorschuss in ihre Hände begeben und wusste doch noch gar nichts über sie. In der Box kniete sie sich sofort über Igor nieder, schüttelte seinen Kopf, streifte mit der bloßen Hand immer wieder über sein Gesicht. Er öffnete die Augen, lallte unverständlich, aber Hermann und ihr gelang es gemeinsam, ihn auf die Beine zu stellen. Mit vereinten Kräften schleiften sie ihn zu einer Behelfspritsche am Ende des Stalls, dort konnten Stallknechte übernachten, wenn ein Pferd krank war. Sie legten eine Decke über ihn. Igor entschwand sofort wieder ins Land der Träume. Sie lächelten sich an und verließen rasch den Ort. Eine ganze Strecke hatten sie den Weg ohnehin gemeinsam, sie unterhielten sich angeregt. Zweimal berührten sich ihre Hände wie zufällig. Hermann begleitete Lena bis zu ihrer Haustür. Es blieb bei einem Lächeln zum Abschied.

Doch von da an sahen sie sich für die Dauer der olympischen Reiterspiele jeden Tag. Am dritten Tag hatte sie ihn erstmals geküsst, vorsichtig, beinahe behutsam, zärtlich beginnend, dann aber überraschend heftiger. Lena.

17. Juni 1956, Stockholm

Hermann stand beinahe an der gleichen Stelle wie bei der Eröffnungszeremonie eine Woche zuvor. Hans Günther Winkler lief mit seiner Stute Halla zum zweiten Umlauf ein. Ihn hatte die Spannung genauso erfasst wie jeden der 23000 Besucher im Stadion. Nur hatte er – anders als viele der Zuschauer – mitbekommen, wie sehr die Verletzung aus dem ersten Umlauf Winkler behinderte. Schwedische Offiziere hatten ihn nach dem ersten Umlauf draußen an der Waage aus dem Sattel heben müssen. Kurz darauf hörte Hermann auch bei seinen Russen, dass es sich wohl um einen Leistenbruch oder Bauchdeckenriss handelte und der zweite Umlauf beinahe unmöglich erschien. Es hieß, die deutschen Ärzte hätten eine Injektion mit Morphium empfohlen, aber Winkler hätte das abgelehnt und nur nach schmerzstillenden Zäpfchen verlangt. Hermann sah das schmerzverzerrte Gesicht Winklers, als der unten in der Gasse an ihm vorbei in das olympische Rund einritt. Und er erkannte die eigenartige Sitzposition, Winkler hatte seine Beine anscheinend mit einem Hosengürtel unter dem Bauch des Pferdes zusammengebunden. Der 775m lange Parcours ging über 14 Hindernisse. Die Hindernisse fünf und zwölf bestanden aus einer zwei- bzw. dreifachen Kombination, so dass praktisch 17 Hindernisse vor Hans Günther Winkler lagen. Und allein der Wassergraben verlangte vom Pferd einen Sprung von fünf Metern. Im ersten Umlauf war es nicht einem einzigen Reiter gelungen, fehlerlos über den Parcours zu kommen. Es hatte geregnet und das Geläuf war keinesfalls ideal. Im Stadion wehte ein kalter Wind, doch nun riss der Himmel auf und die Sonne brach durch.

Hermann hielt den Atem an. Er sah gebannt, wie Halla den Reiter über die Hindernisse trug. Wenn sie sich zum Sprung streckte, presste sie die Vorderfüße blitzschnell an den Leib, die Hinterbeine flogen hoch, um ja nur keine Stange zu berühren. Halla in Höchstform, Halla schien zu fühlen, dass es ihrem Reiter schlecht ging. Und sie spürte wohl auch, wie Winkler bei beinahe jedem Sprung in ihren Rücken krachte. Er war größtenteils nur in der Lage, ihr am langen Zügel den Weg zu zeigen, von Schmerzensschreien bei jedem Sprung begleitet. Nach nur vier Fehlern im ersten Umlauf kam Halla nun fehlerlos über den gesamten

Parcours – das bedeutete olympisches Gold, für ihn als Einzelreiter sowie für die deutsche Mannschaft, zu der noch Fritz Thiedemann auf Meteor und Alfons Lütke-Westhues auf Ala gehörten. Bis weit über den breiten, prachtvollen Valhallavägen hinaus dröhnte der Begeisterungssturm der Zuschauer nach diesem Ritt. Und Hermann wusste: er war gerade Augenzeuge einer Sensation geworden, die Geschichte schreiben würde. Wann würde er Lena davon erzählen können?

Die Gelegenheit dazu bekam er schon am nächsten Abend. Avery Brundage als IOC-Präsident hatte am Vorabend die olympischen Reiterspiele für beendet erklärt. Es gab viel ab- und rückzubauen auf dem Stadiongelände, und Hermann hatte dadurch noch bis Ende des Monats Arbeit, so sah es jedenfalls aus. Lena war etwas besser dran, sie konnte noch für zwei weitere Monate bei den Abrechnungen und organisatorischen Abwicklungen der olympischen Spiele helfen.

Sie hatten sich in einem kleinen Lokal verabredet. Hermann sah Lena eintreten und bemerkte allein durch den Anblick bei sich eine Reaktion, die beinahe seinen ganzen Körper ergriff. Ob das Liebe war, fragte er sich. Nach der Bestellung erzählte er Lena mit leuchtenden Augen von dem so beeindruckenden Ritt Hans Günther Winklers. Er musste sich zügeln, nicht von zu vielen Einzelheiten zu berichten, sich nicht in zu vielen Details zu verlieren. Andererseits glaubte er schon, dass Lena ihm wirklich gerne zuhörte.

An diesem Abend hatte er sich noch für eine Stunde mit auf ihr Zimmer schleichen dürfen. Sie saßen sich gegenüber und wussten nicht, ob und wie sie die weitere Zukunft ansprechen sollten. Beiden war klar, dass sie sich nicht einfach am Ende des Monats „Auf Wiedersehen" sagen wollten. Dieses Mal war es Hermann, der die Initiative ergriff und das Thema zögernd ansprach. Lena lachte erleichtert auf, bisher war die Initiative doch eher von ihr ausgegangen. Doch es wurde schwierig. Lena erzählte erstmals von ihren Eltern, die auf einem kleinen Hof an der Ostküste unterhalb Stockholms lebten. Sie erzählte, die Eltern seien voller Hass auf die Deutschen. Die NS -Zeit wäre noch sehr präsent in Schweden. In den Jahren seit 1945 sei auch das Bild noch viel klarer geworden, wer in welcher Form mit den Deutschen kooperiert hatte. Das hatte dann noch zu weiterem Hass geführt.

Es war allgemein bekannt, dass sich in der Kriegszeit besonders in Südschweden, in Schonen, die NS-Ideologie ausgebreitet hatte. Lena erzählte, dass es sich dabei hauptsächlich um Bauern, Soldaten, aber auch Leute aus der Oberschicht und um Akademiker handelte. So sei die Universität in Lund bekannt dafür gewesen, dass dort viele deutschfreundliche und antisemitische Akademiker gesessen hätten. Hermann fragte häufig nach, obwohl er sich bis dahin eher als unpolitischen Menschen gesehen hatte. Er war fasziniert, wie Lena darüber berichten konnte. Sie verdeutlichte ihm die Rolle des neutralen Schwedens im zweiten Weltkrieg zwischen Widerstand und Kollaboration. Einerseits war Schweden an der Rettung vieler Juden beteiligt, bot auch beispielsweise deutschen Politikern Exil, andererseits versorgte man genau dieses Land mit wichtigen Rohstoffen.

Dann aber wurde Lena sehr traurig. Ihr Onkel sei einer der skandinavischen Häftlinge im KZ Neuengamme in Norddeutschland gewesen. Er habe sein Leben vermutlich nur der ´Aktion Bernadotte` zu verdanken. Graf Folke Bernadotte, Vize-Präsident des schwedischen Roten Kreuzes in den letzten Kriegsjahren, hatte gemeinsam mit dänischen, norwegischen und schwedischen Diplomaten die Aktion ´Weiße Busse` – später auch ´Aktion Bernadotte` genannt – gestartet. Lenas Onkel wurde am 9. April als einer der ersten mit den Weißen Bussen in Neuengamme evakuiert und nach Schweden zurückgebracht. Lenas Vater hatte oft davon gesprochen, wie erleichtert sie sich in den Arm genommen hatten, als er nach über einem Jahr zwar ausgemergelt, aber ansonsten körperlich einigermaßen unversehrt zurückkam. Lena erzählte weiter, dass bei Familientreffen die schrecklichen Erlebnisse im Lager immer wieder Thema waren. Er hatte so viele sterben sehen.

Sie fürchtete sehr, sich nun ausgerechnet zu einem deutschen Freund bekennen zu müssen. Sie fürchtete die heftige Reaktion der Eltern.

Juli und August 1956, Schweden

Hermann hatte erneut Glück. Lena gelang es durch ihre Beziehungen, ihm im schwedischen Turnierstall Arbeiten zu ermöglichen, nicht weit entfernt vom bisherigen Arbeitsplatz im Stadion. Damit hatten sie die Perspektive auf zwei weitere gemeinsame Monate. Diese beiden Sommermonate waren wie für sie geschaffen. Die Sonne strahlte, die langen beinahe taghellen Nächte sorgten für ein Übriges. Sie waren nun ein Paar. Und dies in unzweifelhafter Weise, nachdem sich Lena in einer dieser hellen Nächte am Abend zu Hermann in den Stall geschlichen und sie sich erst am frühen Morgen voneinander getrennt hatten. Hermann war glücklich.

30. August 1956, Stockholm

Hermann erledigte Routinearbeiten im Stall, seine Gedanken schweiften weit ab. Schließlich stand die Reise zu Lenas Eltern unmittelbar bevor. Lena und er hatten sich verständigt, dass sie nur eine gemeinsame Zukunft haben konnten, wenn sie diesen Schritt wagen würden. Lena konnte mit der Verheimlichung nicht weiter leben. Beide sahen dieser Begegnung sorgenvoll entgegen.

„Ein Telegramm für Hermann Backhaus", hörte er plötzlich einen Boten rufen. Der hatte sich über das Organisationsbüro durchgefragt und so Hermann tagsüber finden können. Hermann erstarrte. Waren Telegramme nicht immer den schlechten Nachrichten vorbehalten? Das Zittern begann erst, nachdem er die ersten Zeilen gelesen hatte. Sein Vater war plötzlich an einem Herzinfarkt verstorben, die Mutter bat ihn um sofortige Rückkehr. Hermann war klar, dass er damit auch ab sofort den Hof zu übernehmen hatte. Er schmiss die Forke in die Ecke, wechselte rasch die Schuhe, wusch sich nur eben die Hände und eilte zu Lena ins Büro. Als sie ihn fest umarmte, sackten beinahe seine Beine weg.

Es blieb Hermann nichts anderes übrig, als überhastet mit seinem alten Motorrad in die Heimat aufzubrechen. Wenn er so lange wie möglich am Tag fuhr, würde es auch nur einen Tag länger als mit der Bahn dauern. Und er konnte das Motorrad ja auch nirgends in Schweden abstellen. Später hatte er sich an Stationen oder Orte bei der Rückfahrt kaum erinnern können. Er musste seiner Mutter beistehen. Was würde auf ihn zukommen? Seine Zukunftspläne, alle hinfällig? Was würde aus Lena und ihm werden?

Als seine Mutter am Abend des 1. September das Knattern des Auspuffs hörte, war sie sofort zur Tür gestürzt. Sie lagen sich lange schweigend in den Armen, beide konnten ihre Tränen nicht zurückhalten. Über ein Jahr war vergangen. Niemand hatte bei seinem Aufbruch geahnt, dass der Abschied vom Vater endgültig sein würde. Beim gemeinsamen Abendbrot waren dann auch Michael und Dörte dabei, das Wiedersehen jedoch durch den Tod in der Familie überschattet. Es brauchte von niemandem ausgesprochen zu werden. Hermann als Ältester unter den Geschwistern hatte den Hof zu übernehmen. Er würde nicht mehr nach Schweden zurückkehren können.

Die Beerdigung erfolgte am nächsten Tag, Hermann hatte es also gerade noch rechtzeitig geschafft. Von Lena konnte er natürlich in diesen Tagen nichts erzählen. Es war eine Trauerfeier, die allen nahe ging. Hermanns Vater war nur 51 Jahre alt geworden, er war im Dorf anerkannt und geschätzt. Die Backhaus - Familie lebte schon seit Generationen auf diesem Hof, und entsprechend groß war die Anzahl der Trauergäste.

Für Anfang September war es ungewöhnlich kalt. Die hell verputzte Kirche auf dem kleinen Hügel in der Ortsmitte trotzte dem spätsommerlichen kühlen Wind. Die großen Bäume standen noch in vollem Grün, die Baumkronen erzeugten ein sanftes Rauschen. Hermann, Michael, Dörte und die Mutter gingen zügig an den vielen Trauergästen vorbei und nahmen in der ersten Reihe Platz, den Blick fest auf den Eichensarg gerichtet, der von Kränzen und Blumenschmuck in großer Fülle umgeben war. Als die Orgel einsetzte, schossen Hermann unmittelbar Tränen in die Augen, seine Gefühle übermannten ihn. Die ersten Worte des Pastors verschwanden wie in einem Nebel. Erst im Gebet, zu dem er mechanisch die Hände bereits gefaltet hatte, drangen Worte wieder zu ihm durch: *„ Unbegreiflicher Gott, lass mich bitte nicht allein! Schenke mir Menschen, mit denen ich sprechen kann von dem Verstorbenen – die mit mir schweigen, wenn der Schmerz mich sprachlos macht – die mir in meiner Trauer wieder Hoffnung geben, die mich begleiten auf meinem Weg vom Tod zum Leben. Amen."*

Die Lieder hatten sie sehr bewusst gemeinsam mit dem Pastor ausgewählt. Sie begannen mit dem Lied Nr. 528. *„Ach wie flüchtig, ach wie nichtig ist der Menschen Leben! Wie ein Nebel bald entstehet und auch bald wieder vergehet…";*

Hermann sah seinen Vater vor sich, in der Küche am Tag seiner Abreise nach Schweden, bei Arbeiten auf dem Feld,

„...Ach wie flüchtig, ach wie nichtig ist der Menschen Freude! Wie sich wechseln Stund und Zeiten, Licht und Dunkel...";

sein Vater auf dem Traktor oder bei Kaffee und Kuchen an Sonntagnachmittagen;

„...Wie ein Blümlein bald vergehet, wenn ein rauhes Lüftlein wehet, so ist unsre Schöne, sehet...";

plötzlich Lena in ihrem kleinen Mansardenzimmer, Lena lachend in der Altstadt Gamla Stan von Stockholm, Lena eng neben ihm im Stroh...;

„...Alles, alles, was wir sehen, das muss fallen und vergehen. Wer Gott fürcht´, wird ewig stehen."

Der Pastor beschrieb nun des Vaters Leben präzise und eindrucksvoll und immer wieder hörte man aus den Bankreihen verständige Schluchzer. „...gerne hättest Du, Heinrich Backhaus, weiter das Hofleben gestaltet und geprägt. Gerne hättest Du, gemeinsam mit deiner Frau Else, Enkelkindern in die Augen geblickt und deinen Sohn Hermann auf die Übernahme des Hofes vorbereitet." Hermann hatte sich einigermaßen wieder im Griff, als Lied Nr. 533 erklang: *„Du kannst nicht tiefer fallen als nur in Gottes Hand...".* Das kannten nahezu alle und es erklang in der kleinen Kirche ein mächtiger Chor unterschiedlichster Stimmlagen.

Der Tradition folgend gingen nun die Männer aus der engsten Nachbarschaft nach vorne, stellten sich neben dem Sarg auf, nahmen ihre Zylinder ab, falteten darunter die Hände. Es wurde das ´Vater-Unser` gebetet. Dann hoben sie den schweren Sarg an und der Trauerzug setzte sich in Bewegung. Am Grab stimmten alle in den Segensspruch ein: *„Der HERR segne dich und behüte dich, der HERR lasse sein Angesicht leuchten über dir…".*

Bald nach Butterkuchen und Kaffee auf der häuslichen Diele musste Hermann wieder in den Schweinestall. Ein Stück Normalität. Manchmal war es gut, allein sein zu können.

Nach der Beerdigung hatte Hermann Wochen gebraucht, bis er endlich eines Abends von Lena erzählte. Seine Mutter reagierte überrascht, sie hatte ihn, gerade Anfang 20, noch nicht zu solchen Erlebnissen für fähig gehalten. Ihrer Meinung nach war es völlig falsch, sich so früh zu binden. Sie hätten sich letztlich doch nur gut zwei Monate gekannt. Und musste es unbedingt eine Schwedin sein?

Hermann konnte die Tiefe seiner Gefühle zu Lena nicht in Worte fassen. Und er fragte sich, wie es weitergehen konnte. Wann würde er zum ersten Mal etwas von Lena hören? Eine weitere Woche verging. Hermann sah an dem breiten Lächeln des Briefträgers, dass eine besondere Sendung gebracht wurde. An der Farbe der Briefmarke erkannte er es sofort, Lena hatte endlich geschrieben. Mit zittrigen Fingern riss er den Brief noch auf dem Hof auf, zögerte dann einen Moment, steckte ihn wieder in die Innentasche der Jacke und ging durch die Diele in die Küche. Er schenkte sich aus der Kanne auf dem Herd rasch einen Kaffee ein, erst dann griff er wieder zum Brief.

„Mein geliebter Hermann,

oft habe ich in den vergangenen Wochen an dich ge-
dacht. Mir fehlten aber einfach die richtigen Worte.
Wie sollte ich an deiner tiefen Trauer teilhaben? Nun
aber habe ich den Mut, ich ahne ja auch, wie sehr du
auf einen Brief von mir wartest. Ich hoffe und wünsche
mir, dass du genug Kraft hast, die schwere Prüfung
durchzustehen, die dir Gott oder das Schicksal
auferlegt haben. Schaffst du die viele Arbeit? Gibt es
Hilfe von den Nachbarhöfen? Wie geht es deiner Mut-
ter, deinen Geschwistern? Hermann, wenn ich an dich
denke, dann fallen mir auch immer unsere vielen
schönen Stunden ein. Noch nie ist mir ein Mann so
nahe gekommen, noch nie habe ich solche Gefühle
erlebt. Bei mir ist das Ende der Zeit in Stockholm nun
ganz nah. Ich werde erst einmal wieder zu meinen
Eltern ziehen. Hier in Stockholm ist es sehr schwierig,
eine geeignete Arbeit zu finden, es gestaltete sich für
mich ausweglos. Da oben kennen wir so viele Men-
schen, das dürfte einfacher für mich sein. Du erwartest
Gedanken zur Zukunft, was uns betrifft? Dazu ist es zu
früh. Wir dürfen keine eiligen Entscheidungen treffen.
Ich warte aber sehnsuchtsvoll auf Nachrichten von dir.
Schreibe mir bitte alsbald.

In Liebe, Deine Lena."

Mai 1986, Blender-Varste

Ein strahlender Sonntag im Mai. So hatten es sich
Hermann und Eva zu ihrer Silberhochzeit gewünscht.
Die Diele war eng vollgestellt mit Tischen und Stühlen,
nahezu 80 Gäste füllten den Raum, der Widerhall
aneinandergestoßener Gläser, vielfältiges Stimmen-

gewirr. Nun erhob sich Gert Vajen, Hermanns Trau-
zeuge damals und seit weit mehr als 25 Jahren ein
treuer Weggefährte. Er klopfte mit einem Löffel an
sein Glas, rasch wurde es still und alle Aufmerksamkeit richtete sich auf ihn. Er faltete einen größeren
Zettel auseinander.

„Lieber Hermann und liebe Eva,
gerne erfülle ich die ehrenvolle Aufgabe, die Rede an-
lässlich eurer Silberhochzeit zu halten. Die meisten im
Saal erwarten nun..., nun ja... etwas..., – Gelächter im
Saal – *hoffentlich werde ich dem gerecht. Es ist sicher*
sinnvoll, mit einem Rückblick zu beginnen. Versetzen
wir uns also ins Jahr 1961. Hermann, fünf Jahre harter
Arbeit hattest du hinter dir, seit dich der plötzliche Tod
deines Vaters so unverhofft von deinem Wanderjahr
nach Schweden zurückbeorderte; Eva, du hattest ge-
rade deine Stelle in der Apotheke in Verden aufgege-
ben, um Hermann auf dem Hof und im Haushalt voll
unterstützen zu können. Und schon bald sollte sich ja
der erste Nachwuchs, Jörn, einstellen, ich meine, es
war recht pünktlich gut ein Dreivierteljahr später –
wieder Gelächter. *Nun brauchten auch die Haushälte-*
rinnen schon einige Zeit nicht mehr „ihrem Hermann"
Pudding zu kochen – hier nickten sich viele ältere
Frauen zustimmend zu – *die Bemutterung konnte*
eingestellt werden oder von Eva übernommen werden
– wieder Gelächter im Saal.

Aber ruft euch noch einmal die Herausforderungen der
damaligen Nachkriegszeit in Erinnerung. Durch die
Industrialisierung und den Aufschwung des Ruhrge-
biets wuchs bis in unsere Region die Nachfrage nach

Kartoffeln, Weizen und Gemüse. Allmählich schien sich die harte Arbeit auszuzahlen – verständnisvolles Gemurmel im Saal. *Es folgten zwar immer noch harte, aber nicht mehr so entbehrungsreiche Jahre, die zudem erfüllt durch eure Zuneigung und Liebe füreinander waren. Erfüllt auch durch die Vervollständigung der Familie durch Ulrich, euren zweiten Sohn. Beide sitzen hier unter uns, und wie man unschwer erkennen kann, liegt es an Jörn und Ute, dass ihr im Sommer wohl an manchen Wochenenden ein Enkelkind auf dem Hof haben werdet* – Hälserecken von vielen Frauen. – *Ulrich kann sich da durchaus noch etwas Zeit lassen* – Erröten von Ulrichs Freundin.

Aber noch einmal zurück. All die Jahre habt ihr auf uns den Eindruck gemacht, und der trog sicher nicht, eine Familie zu sein, die füreinander einsteht, die neben der vielen Arbeit auch das Feiern nicht vergisst. Damit meine ich nicht nur eure schönen Familienfeiern, sondern auch zum Beispiel die vielen, vielen langen Nächte bei den Erntefesten. Hermann und Eva, ihr beide konntet vom Tanzen nie genug kriegen und ihr seid fast immer unter den Letzten gewesen, die das Zelt verließen – zustimmendes Gemurmel im Saal. *Nun will ich euch nicht länger langweilen, nicht länger vom leckeren Essen abhalten, für eure Zukunft wünsche ich euch, dass es so glücklich weitergehen möge. Ihr seid ein Paar, das wirklich gut zusammenpasst und das hoffentlich noch viele Jahre. Darauf erheben wir jetzt unsere Gläser, lasst uns anstoßen, weiter so!"*

Heftiges Klatschen, vielfaches Kopfnicken – Hermann neigte sich zu seiner Frau und gab ihr einen langen Kuss.

Abend des 12. August 2012, Blender-Varste
Hermann zog die alte Dachbodenleiter heraus, er kletterte vorsichtig die schmalen Stufen herauf. Nach dem langen Tag zwackte seine Hüfte nun ordentlich. Er ging langsam in die hintere Ecke, dort musste doch der Karton noch liegen, hob die staubige Plane hoch, tatsächlich, da lag er – der Karton mit den wenigen Bildern und den wenigen Briefen aus Schweden. Er nahm mit einem kaum hörbaren Seufzer den Deckel ab. Gleich obenauf lag eine schon leicht vergilbte Aufnahme – Lena. Immer noch fand er sie wunderschön. Er hockte sich mühselig auf den Boden, nahm die wenigen weiteren Fotos von Lena in die Hand, betrachtete jedes einzelne lange. Dann öffnete er nach Jahrzehnten erstmals wieder den Umschlag mit ihrem letzten Brief und las im schwachen Schein der Dachbodenlampe.

„Mein geliebter Hermann,
du glaubst gar nicht, wie schwer mir diese Zeilen fallen. Es vergeht kein Tag, an dem ich nicht an unsere Zeit in Stockholm, an dich, denke. Es waren die glücklichsten Monate meines Lebens, ich verzehre mich in Gedanken nach dir, in deinen starken Armen zu liegen, deine Stimme zu hören. Doch du weißt von der Haltung meiner Eltern. Sie rücken um nichts in der Welt von ihrer Position ab, sie hassen alles Deutsche. Und es ist unvorstellbar für sie, dass ich einen Deut-

schen heiraten könnte. Daran würden auch Jahre des Wartens nichts ändern. Mir bleibt keine Wahl. Entweder breche ich mit den Eltern oder mit dir. Ich möchte dich und mich mit diesem Brief nicht weiter quälen. Mir fehlt der Mut, alles – die schwedische Heimat, die große Familie und insbesondere die Eltern – hinter mir zu lassen. Ich werde nicht zu dir kommen. Bitte schreibe mir nun nicht mehr.

Sei gewiss, ich habe dich geliebt und ich liebe dich.

Deine Lena"

Und dann erzählte ich ihr, wer sie für mich war.
Alles, was ich in meinem Brief geschrieben hatte,
sagte ich ihr nun.
Ich beschrieb ihre Lippen, die Augen, ihre Art zu gehen,
die Worte, die sie benutzte.
Ich sagte, dass ich sie liebte,
obwohl ich sie nicht kannte.
Ich sagte, dass ich mit ihr zusammen sein wollte.
Dass es das Einzige war, was ich wirklich wollte.
Sie ging auf die Zehenspitzen,
hob ihr Gesicht zu meinem,
ich beugte mich vor und küsste sie.
Dann wurde alles schwarz."

(aus: Karl Ove Knausgard: „Lieben",
Luchterhand Literaturverlag München, 2012)

Die Woche in Norwegen

Sonntag, 15. Juli 2012, Verden

Der Wecker klingelte um 0.30 Uhr, Axel schreckte hoch. Tanja räkelte sich, blinzelte mit den Augen, „ist es schon so weit?". „Welche Idee, welch verrückte Idee?", schoss es Axel durch den Kopf. Sie kannten sich doch kaum und jetzt fuhren sie tatsächlich für eine Woche in das Ferienhaus seines Freundes nach Norwegen. Zunächst war es nur eine spontane Idee gewesen, doch Tanja hatte überraschend schnell eingewilligt. „Nach der einen Woche wissen wir mehr darüber, was wir voneinander wollen", hatte sie gesagt. Er gab ihr einen zaghaften Kuss, streifte sich die

Socken über, ging im Schlafanzug zur Küche herunter, stellte die Kaffeemaschine an. Die Fähre nach Oslo würde um 10 Uhr in Frederikshavn ablegen, da war noch Zeit genug. Axel freute sich darauf, früh morgens in Dänemark in den Sonnenaufgang hinein zu fahren. Das kannte er vom Urlaub mit Renate auf Laesø. Auch die Fähre nach Laesø fuhr schließlich in Frederikshavn los. Als er hörte, dass Tanja oben unter der Dusche stand, zum ersten Mal bei ihm im Haus, verspürte er den starken Wunsch, dass das noch sehr häufig vorkommen möge.

Ein Zufall, dass das Haus seines Freundes ausgerechnet in dieser einen Woche noch frei gewesen war. Trondheim war zwar weit, aber nach den Fotos zu urteilen, entschädigte das Haus direkt am Fjord auf grandiose Weise für die langwierige Anreise. Endlich würde er es nun mal selbst in Augenschein nehmen. Und Tanja kennenlernen.

Samstag, 16. Juni 2012, Fischerhude

Axel hatte von Verden aus mit dem Rad nur gute ein-einhalb Stunden gebraucht und erreichte Fischerhude schon gegen 11 Uhr. Über den Wümme-Wiesen lag noch der Morgendunst. Er radelte am Modersohn-Museum vorbei, wollte zunächst in die Ortsmitte, in ´Brünings Scheune` Obst und zwei Vollkornbrötchen holen, vielleicht auch ein Stück Kuchen. Doch dann entdeckte er den kleinen ´Dorfbuchladen` in der Nähe der Kirche. Axel entschied sich spontan, dort erst ein-mal hineinzuschauen. Das weiß gestrichene Mauerwerk musste für etwas Helligkeit sorgen, die kleinen schmiedeeisernen Rundbogenfenster ließen nicht viel Licht hinein. Durch eine Holztreppe konnte man eine Galerie im ersten Stock erreichen. Er sah sich in Buchläden gerne alleine um, stöberte, nahm mal dieses, mal jenes Buch zur Hand, doch heute hätte er nichts dagegen gehabt, von der Verkäuferin angesprochen zu werden. Sie hatte hellblondes Haar und wenn sie mal zu ihm herüber guckte, sah er in strahlend blaue Augen. Diese Gedanken irritierten ihn, seine Beziehung zu Beate war erst vor einigen Monaten zu Ende gegangen. Seine Enttäuschung war groß und er hatte sich fest vorgenommen, sich in nächster Zeit nicht wieder zu verlieben. So bald würde er keine Frau wieder in sein Leben lassen.

Beinahe an jedem Wochenende war er nun mit dem Rad unterwegs, um auf andere Gedanken zu kommen. Würde er überhaupt noch mit einer Frau unkompliziert in ein Gespräch kommen? Das könnte er doch einmal ausprobieren, es verpflichtete zu nichts, einfach nur ein Versuch. „Entschuldigen Sie, wie lange haben Sie denn heute geöffnet?" Das blonde Haar wandte sich ihm zu. „Bis 18 Uhr, Sie können sich noch viel Zeit lassen." Dabei registrierte Axel ein Lächeln, Grübchen in den Mundwinkeln. Sollte das etwa Sympathie ausdrücken oder war es geschickte professionelle Zuwendung? Axel fühlte sich ermuntert. „Im letzten Jahr habe ich von dem norwegischen Autor Karl Ove Knausgard den ersten Band seiner Biografie gelesen – `Sterben´. Es waren weitere angekündigt, könnten Sie bitte einmal nachschauen, ob nicht schon

ein weiterer Band erschienen ist?" „Gerne" und nach
einer Eingabe in den PC kam ihre Antwort: „´Lieben` –
im Frühjahr erschienen". Bei dieser Antwort lächelte
sie wundervoll. „Soll ich es bestellen? Dann wäre es
Montagabend schon da!" „Oh, ich wohne in Verden,
habe eine Radtour gemacht, dann müsste ich den
weiten Weg ja noch einmal machen, das erscheint mir
etwas umständlich." Es ergab sich jedoch an-
schließend noch ein unkompliziertes Gespräch. Axel
erfuhr, dass Tanja – durch einen Versprecher waren
sie zum „Du" übergewechselt – ebenfalls gerne
draußen war, bei Wind und Wetter die paar Kilometer
aus ihrem Wohnort Ottersberg täglich mit dem Rad
zum Buchladen fuhr. „Soll ich es nicht doch bestellen?" insistierte sie überraschend und Axel willigte
spontan ein. „Ich hole es dann am Mittwoch ab", verabschiedete er sich. In der Tür drehte er sich noch
einmal um, sie hatte ihm tatsächlich nachgeschaut.

Mittwoch, 20.Juni 2012, Fischerhude
Sie hatte ihn beim Eintreten in den Laden sofort wiedererkannt. „Ja, da bin ich", bemerkte Axel wenig
geistreich. Doch sie lächelte ihn an. „Sag mal, hättest
du am Abend noch Zeit? In der schönen Kirche ne-
benan singt heute Abend ein Chor, ich singe auch
mit." Axel war verblüfft über diese spontane Einladung, überlegte jedoch nicht lange und sagte zu.

Die Kirche war bis auf den letzten Platz ausgefüllt, gut,
dass er sich schon eine halbe Stunde vor Beginn dort
eingefunden hatte. So hatte er auch einen Moment

Zeit gehabt, die Kirche von außen zu betrachten. Mit den in einem Grauton gestrichenen Sprossenfenstern und der massiven blauen Eingangstür wirkte sie einladend auf ihn. Vom vorderen Altar aus erfüllte Kerzenlicht den Raum und im Gang neben den langen Holzbänken waren Teelichter aufgestellt, die eine behagliche Atmosphäre schufen. Beim Singen sah Axel immer wieder zu Tanja, sie war so konzentriert dabei, so aufmerksam. Das gefiel ihm außerordentlich gut. Schade nur, dass er doch recht weit entfernt saß, er hätte zu gerne ihre Stimme herausgehört.

In der Pause ging sie bei einer Freundin untergehakt nah an ihm vorbei nach draußen. Auf dem Rückweg blieb sie dann kurz bei ihm stehen, fragte, ob es ihm gefalle oder ob er sich möglicherweise etwas ganz anderes vorgestellt habe. „Ich habe doch nicht zu viel versprochen?" „Nein, nein, ich bin froh, dass ich hier bin!" Nach dem Konzert ergab sich keine Gesprächsgelegenheit mehr, er konnte ihr lediglich zulächeln und ein vorsichtiges Abschiedswinken mit der rechten Hand andeuten als er die Kirche verließ

Als er zuhause ankam, legte er eine CD von Kari Bremnes ein, gönnte sich einen Schluck Rotwein aus der gestern geöffneten Flasche und ging an den PC. Schnell hatte er die Buchladenwebsite sowie eine Mailadresse gefunden.

„Hallo Tanja, nach dem Konzert eben ergab sich ja keine Gelegenheit mehr, miteinander zu reden. So möchte ich dir ein paar Zeilen schreiben, was ich gut

fand. Das Zusammenspiel eures Chores mit den vier Streichern war sehr schön, hoffentlich habt ihr häufiger die Gelegenheit, mit denen gemeinsam etwas zu machen. Eure Stücke von Loreena Mc. Kennitt mochte ich besonders, ich habe drei CDs von ihr, habe einiges wiedererkannt. Und die Atmosphäre in der Kirche passte einfach, ich geriet in eine nachdenklich-träumerische Stimmung. Die Zeit sollte man eigentlich immer mal finden, aber das gelingt nicht unbedingt. Ihr habt mir heute dazu verholfen. Danke! Ansonsten ist mir aufgefallen, dass du mit großer Konzentration dabei warst. Ist das immer so, bist du in allem so ehrgeizig? Das soll nun reichen... Viele Grüße, Axel."

Donnerstag, 21.Juni 2012, Verden

Axel entdeckte die Mail erst abends: *„Hallo Axel, das schnelle Echo hat mich jetzt aber gefreut. Für uns war es trotz schwieriger Proben auch ein schöner Abend, der hoffentlich nächstes Jahr in ähnlicher Form noch einmal stattfinden wird. Ich fand es übrigens prima, dass du so spontan zu dem Konzert geblieben bist. Wünsch dir ein schönes Wochenende, radelst du etwa schon wieder? Grüße, Tanja."*

Sonntag und Montag, 15./16.Juli 2012,
Dänemark und Norwegen

Die ersten Sonnenstrahlen streiften die überraschend hügelige Landschaft im Süden von Dänemark, ein Morgenrot als Zugabe. „Oh, das fängt ja schön an", bemerkte Tanja, als sie die Augen aufschlug. Sie hatte den Kopf an der Autotür angelehnt einige Zeit geschlafen. „Weißt du noch, wie schnell wir uns zu diesem Urlaub entschlossen haben, Axel?"

Axel lächelte, antwortete nicht gleich, hing seinen Gedanken nach. So eine Frau wie Tanja hatte er bisher noch nicht kennengelernt, so spontan, so ehrlich, so offen in ihrer ganzen Art. Er fühlte sich von Anfang an so, dass er sich nicht einen Moment hatte verstellen müssen. Jede spontane Reaktion war bei ihr auf Verständnis, meistens sogar auf Begeisterung gestoßen. Selbst wenn er ihr per Mail einen „YouTube"-Link mit seiner Lieblingsmusik geschickt hatte, kam häufig eine schnelle Antwort: „Du findest immer so schöne Musik!" Sogar „Eiserner Steg" des jungen Liedermachers Philipp Poisel hatte ihr gefallen. Er hatte es ihr mit einem ironisch distanzierten Kommentar geschickt, weil er nicht zugeben mochte, dass ihn solche Musik und Texte auch in seinem Alter noch ansprachen. Beider Favorit aber war die Akustik-Session von Tina Dico und Helgi Jonsson `No time to sleep´ vom 29. März 2011. Berührt waren beide neben der Musik von den Blicken und kleinen Gesten, die verrieten, dass Tina und Helgi sich vermutlich auch außerhalb des Studios nahe waren. Und beiden fiel der Widerspruch zur kargen Studioatmosphäre auf: Im Nebenzimmer tippte jemand vollkommen geschäftsmäßig und unberührt auf der PC-Tastatur, während Tina und Helgi durch das gemeinsame Singen und durch ihre gegenseitigen Blicke vollkommen gebannt wirkten.

Am zweiten Wochenende war er dann gleich wieder nach Fischerhude geradelt, hatte sie nachmittags im Buchladen überrascht. Am frühen Abend waren sie eine Stunde lang in den Wümme-Wiesen spazieren gegangen, hatten sich gelegentlich länger angeschaut, zum Schluss fest umarmt. Allerdings hatte Axel auch erfahren, dass Tanja verheiratet war, sogar noch mit ihrem Mann zusammen wohnte. Es gab jedoch große Probleme, im letzten Sommer standen sie schon kurz vor einer Trennung. Wegen der Tochter hatten sie damals entschieden, es noch weiter miteinander zu versuchen. Noch am selben Abend war von ihr eine Mail gekommen, dass sie sich „beinahe wie ein Teenager fühle", aber der Spaziergang und die Gespräche seien doch „wirklich sehr schön gewesen – oder?"

„Tanja, ja, die Entscheidung für diese Fahrt nach Norwegen war wirklich schnell", wandte er sich ihr jetzt wieder zu und fuhr fort: „Ich kann von mir eines sagen: ich lebe, liebe und leide intensiv. Und das ist untrennbar miteinander verbunden. Deshalb habe ich auch Angst vor der kommenden Woche. Wir wissen noch so wenig voneinander. Wer weiß, was diese Woche mit uns macht?" Tanja blickte ihn konzentriert an. Ihre Mundwinkel zuckten leicht und Axel bemerkte, dass sich dadurch kleine Grübchen bildeten.

„Und dein Vorschlag, dass jeder dreißig Familienfotos aus unterschiedlichsten Zeiten raussuchen und mitnehmen sollte, ist echt süß. Aber er schützt uns in keiner Weise. Vielleicht merken wir in der einen Woche, dass wir gar nicht zusammen passen. Wir haben bisher nicht einmal …, vielleicht sind sich unsere Körper vollkommen fremd? Was dann?" Es überraschte ihn keinesfalls, dass sie sofort zugab, genau diese Gedanken auch schon gehabt zu haben. Insbesondere eine gewisse Angst vor dem ´ersten Mal`. Sie hatten bei ihren Küssen Erregung und Verlangen gespürt, dem aber bisher nicht nachgegeben, auch kaum Gelegenheit dazu gehabt. In dieser Hinsicht würde der Urlaub wohl auch Erkenntnisse mit sich bringen müssen. Die enge Kabine auf der Fähre und die beiden schmalen Betten, durch einen winzigen Gang getrennt, ermöglichten das jedoch noch nicht. Sie hatten sich trotz der Tagesfahrt für eine Kabine entschieden, um auf der Fähre bis zum Abend vielleicht ein oder zwei Stündchen Schlaf nachholen zu können.

Gegen 17 Uhr erreichten sie den Oslo-Fjord. Da standen sie schon Arm in Arm an der Reling oben und staunten wie kleine Kinder. Immer wieder kreuzten kleine Segelboote den Weg, immer wieder sahen sie kleine Häfen und Buchten, an den Hängen zum Teil wunderschöne Holzhäuser. Um solche Ausblicke konnte man die Besitzer nur beneiden. Sicherlich eine der schönsten Hafeneinfahrten, die man sich denken konnte. Als sie Oslo erreichten, leuchtete die neu gebaute Oper wie ein Eisberg in der Abendsonne. Viele Menschen spazierten auf dem schräg geneigten Dach herum. Ein echter Anziehungspunkt. Axel nahm sich insgeheim vor, beim nächsten Mal – mit Tanja? – mindestens eine Übernachtung in Oslo zu buchen. Es war doch schade, gleich weiterfahren zu müssen.

In diesem Moment fragte Tanja ihn: „Sag mal, kennst du Ketil Bjørnstad, den Pianisten und Schriftsteller aus Oslo?" Als er mit den Schultern zuckte, erzählte sie begeistert von seinen Büchern: „´Oda` z. B. ist ein Roman über Oda Krogh, die erste Boheme-Frau Norwegens, selbst wie ihr Mann Christian Krogh auch Malerin. Wie Bjørnstad es schafft, ihren Ausbruch aus Ehe und Familie und allen Konventionen zu beschreiben, finde ich grandios. Und seitdem ich dann die drei Bände gelesen habe, die alle um den Protagonisten Aksel Vinding kreisen – einen jungen Pianisten aus Oslo, seine Entwicklung, seine Familiengeschichte und seine großen Liebesverstrickungen – habe ich mir vorgestellt, einmal auf den Spuren dieser Erzählung durch Oslo zu streifen. Besonders neugierig bin ich auf den Stadtteil ´Grünerløkka`, in dem Vinding angeblich aufgewachsen ist und der sich nun zum ´Prenzlauer Berg` Oslos gewandelt haben soll!" Und da hast du so schnell eingewilligt, ohne einen Zwischenaufenthalt in Oslo gleich zur Hütte weiterzufahren?" „Ach, Axel, wir haben insgesamt doch nur eine Woche und ich wusste nicht, wie du darauf reagieren würdest. Vielleicht gibt es ja sogar ein nächstes Mal für uns beide", strahlte sie ihn an. Und er konnte wieder in diese blauen Augen sehen.

Sie hatten beide das mögliche Tempo in Norwegen überschätzt. Obwohl sie dem Hinweis des Freundes folgten, nicht die E6 zu nehmen, sondern die schnellere Route über die E3, hörten die langen Strecken mit Tempo 70 einfach nicht auf. Mehr als eine Stunde fuhr manchmal das gleiche Auto vor ihnen, weil keine Gelegenheit zum Überholen bestand. Die Fahrt wurde sehr schweigsam, weil jeweils einer zu schlafen versuchte.

Gegen vier morgens standen sie dann endlich vor der Fähre ´Flakk – Rørvik`, die allerdings erst um sechs Uhr wieder den Betrieb aufnehmen sollte. Sie waren auf die Fähre angewiesen, das hatten sie nicht bedacht, die Hütte lag auf der anderen Seite des Trondheim-Fjords.

Als sie dann gegen sieben Uhr übermüdet in dem kleinen Ort Hindrum ankamen, entdeckten sie die Abzweigung an dem winzigen Hafen zum Glück sofort und fuhren den schmalen Weg zur Hütte vorsichtig hinauf. Das Haus war in der Realität noch bezaubernder als auf den Fotos. Das Grasdach war im Laufe der Jahre dichter geworden und der rotbraune Anstrich des Holzes reflektierte und speicherte die Morgensonne. Sie hatten beide das Bedürfnis, das Haus einmal zu umrunden, um es von allen Seiten in Augenschein zu nehmen. Zur Eingangsseite hin thronte das Haus auf dem Felsen, zur anderen Seite fügte es sich in die mit Kiefern, Heide und Moos bewachsene Felslandschaft ein. Das Schlafzimmerfenster war durch einen sanft ansteigenden Felsvorsprung geschützt. Auf der Terrasse in Südrichtung der weite Blick über den Fjord, am Horizont waren die Häuser von Trondheim unscharf zu erkennen. Ein Fischerboot verließ gerade den kleinen Hafen, der von der Terrasse aus in Westrichtung lag. Spontan umarmten sie sich und drückten sich ganz fest, als sie nach der Runde wieder vor der Haustür standen. Am liebsten hätte er sie über die Schwelle getragen. Nachdem sie nur eben das Nötigste ausgeladen hatten und die Betten bezogen, schliefen sie eng aneinander tief und fest bis mittags. Die Erkenntnisse konnten noch warten.

Mittwoch, 18.Juli 2012, Bremen

Es war schon sehr spät, die Nacht hatte alles eingehüllt, dazu kam noch der Regen. Im Autoradio lief leise Jazzmusik auf NDR-Info. Wenn gelegentlich doch das Mondlicht durchbrach, war die Fahrbahn der Autobahn als silbergraues Band zu erkennen. Doch im Moment blendeten auch die zahllosen Rücklichter vor ihnen. So war es schwer, rechtzeitig den durch die Baustelle entstandenen Stau zu erkennen. Die Reaktion kam zu spät, der Wagen nicht mehr rechtzeitig zum Stillstand. Ein lautes Krachen, ein heftiges Aufstöhnen, dann Schreie, dann Stille.

Montag, 16.Juli 2012, Norwegen

Tanja wurde als erste wach und schlich sich leise aus dem Schlafzimmer. Sie griff in ihrem Koffer nach dem Buch von Ulla Hahn mit den Liebesgedichten, blätterte kurze Zeit und fand, woran sie gedacht hatte.

„Vorsicht
Meine Sehnsucht hat wieder einen Namen
der mich anfüllt mit Glück und Schmerz.
Dabei hat sich nichts merklich geändert.
Ich geh durch die Tage lächelnd

wie er durch mich geht
mit seinem Geruch seiner Stimme
seiner Gestalt die mein Verlangen prägt
seinem Leib der den meinen ganz und gar umkleidet.
Ich versuche mit aller Kraft
nicht zu sagen
komm oder Geh oder Bleib."

Würde sie sich trauen, Axel das Gedicht in diesem Urlaub vorzulesen? Sie hörte am leisen Knarren des Betts, dass er eben wach geworden war. Schon lugte er durch die Tür. Rasch verständigten sie sich, dass sie den Tag in Leksvik und Umgebung verbringen wollten, dort konnten sie dann auch gleich den großen Einkauf für die Woche erledigen. So ging es dann die Küstenstraße 13 km immer direkt am Fjord entlang, es wurde ein schöner Tag.

Still und nachdenklich genossen beide die eindrucksvolle Landschaft auf der Rückfahrt, bis Tanja Axel aus seinen Gedanken durch Fragen nach seinem früheren Leben zurückholte. Bei Axel tauchten die Bilder aus seiner Land-Wohngemeinschaft Mitte der 80er Jahre auf. „Damals in den 80er Jahren, zu Studienzeiten, wir waren zu fünft und hatten in Ahnebergen ein schon länger leer stehendes altes Bauernhaus gefunden, recht baufällig, aber noch bewohnbar. Für normale Mieter vielleicht nicht so akzeptabel, deshalb willigte der Landwirt rasch ein, als wir fragten. Aber lass mich erst konzentriert fahren, die Strecke ist so kurvenreich. Nachher erzähle ich gerne." Seine Gedanken schweiften allerdings schon während der Fahrt in jene Zeit zurück.

Frühjahr 1985, Ahnebergen

Sie hatten sich nur einige Wochen umgesehen und das leer stehende ziemlich verfallene Bauernhaus in Ahnebergen auf einer Fahrradtour entdeckt und spontan beim Bungalow des Nachbarn geklingelt. Es stellte sich heraus, dass ihm das Haus gehörte, sein Elternhaus, in dem er aufgewachsen war. Nun stand es schon eine ganze Zeit leer, sollte eigentlich auch nicht mehr vermietet werden. Axel preschte vor: „Wir können vieles selbst machen. Sie brauchen nichts zu investieren, dafür könnten Sie uns vielleicht eine geringere Miete berechnen? Das käme uns entgegen, ich verdiene im Referendariat noch nicht viel, zwei von uns studieren."

Tatsächlich einigten sie sich schon bald auf diese Lösung. Sie wollten dann einen Monat später zu fünft einziehen, Axels Freundin, die in Bremen studierte, Klaus, der Tischler, Susanne, die als technische Zeichnerin bei einer Behörde in Verden arbeitete und Ulli, der ebenfalls in Bremen studierte. Doch Klaus, der einige Fenster fachmännisch ausgebessert hatte, sprang noch vor dem Einzug ab. Er hatte sich wieder mit seiner Freundin zusammengetan, sie suchten nun zu zweit nach einer Wohnung, wollten einen echten Neuanfang als Paar versuchen.

Der erste Sommer wurde großartig. In der Nähe von Ahnebergen gab es einen See, den kaum jemand kannte. Oft radelten sie abends dorthin, um noch eine Runde zu schwimmen, eine Zeit lang dort zu sitzen, zu reden, in die Abendsonne zu gucken. An den Wochenenden hatten sie häufig Besuch von Freunden, das Landleben war attraktiv, auch dann ging es häufig noch an den See, dort ergaben sich auch oftmals politische Diskussionen. Die Wohngemeinschaft gehörte zur Keimzelle der Redaktion für ´Das Blatt`, eine grün-alternative Kommunalpolitikzeitung, die in Tausender Auflage in Verden und Umgebung für 50 Pfennig verkauft wurde. Die Endredaktionssitzung fand immer am letzten Wochenende im Monat statt, mit viel Cola, Wasser, Bier und Pizza. Im Winter wurde der Besuch in der WG dann deutlich weniger.

Montag, 16.Juli 2012, Norwegen

Axel musste dann doch schon während der Fahrt anfangen, von den Erlebnissen in der Land-WG zu erzählen: „Ich wohnte dort fünf Jahre lang, aber mit wie vielen verschiedenen Leuten! Du ahnst gar nicht, welche Fluktuation wir hatten. Ich glaube, ich hatte in der Zeit etwa neun bis zehn verschiedene Mitbewohner. Manchmal wohnten wir zu dritt, in bestimmten Zeiten sogar zu fünft. Einmal beherbergten wir auch eine gute Bekannte, die sich gerade von ihrem Mann getrennt hatte und dringend eine vorübergehende Bleibe für sich und die beiden kleinen Kinder brauchte. Wobei die Kinder meistens nur an den Wochenenden da waren – und – was sagst du dazu? –

gerade diejenigen von uns, die am vehementesten für ihre Aufnahme plädiert hatten, hatten an diesen Wochenenden immer ganz viel vor!

Und dann gab es manche Mitbewohner mit ausgeprägten Marotten. Einer war ein echter Esoteriker, er grüßte den Hausgeist – den lange schon verstorbenen Vater unseres Vermieters – der seiner Meinung nach über der Diele anwesend war. Nur so konnten wir seiner Meinung nach in Frieden in dem Haus leben. Zur Abwehr böser Geister hatte er über dem Außeneingang einen skelettierten Kopf von einem Wildschwein aufgehängt, den hatte er auf einem seiner Spaziergänge gefunden. Einmal traute er sich, eines unserer Hühner zu schlachten. Aber er hatte keine Ahnung, dass man es zum Rupfen der Federn mit heißem Wasser hätte übergießen müssen. Er saß stundenlang im Schneidersitz auf dem Rasen und rupfte alle Federn mühsam einzeln raus, fühlte sich dabei vermutlich noch als echter Schamane. Geschmeckt hat es uns später dann aber doch! Er hatte auch häufig Streit mit seiner Freundin. Sie war einmal sogar nachts bei einer langen verbalen Auseinandersetzung voller Wut in den Wallnussbaum im Hof geflüchtet. Sie hockte dort im Mondschein im Nachthemd. Er schüttelte am Baum und rief, sie möge doch endlich wieder runterkommen. Da konnte kaum einer der anderen schlafen, ich hörte es auch."

Tanja fragte nach, ob bzw. welche Kriterien es bei einer WG-Aufnahme gäbe. Axel berichtete von einem gemeinsamen Abendbrot oder Kaffeetrinken, vielleicht

auch einem zweiten, man erzählte von seinen Lebensplä-
nen, versuchte herauszufinden, ob man sich sympathisch
war. Viel mehr nicht, dann wurde meist spontan entschieden, allerdings mit Vetorecht jedes einzelnen.

„Komm, lass uns reingehen und den Einkauf auspacken",
beendete Tanja die ausführliche Erzählung, nachdem sie
noch eine Weile im Auto gesessen hatten.

Nachdem sie gekocht, gut gegessen und rasch den
Tisch abgeräumt hatten, setzten sie sich mit einem
Glas Rotwein in die beiden Sessel an der breiten Fens-
terfront. Das Haus stand mit unverbaubarem Blick auf
dem Felsen. Die Lichter von Trondheim funkelten auf
dem Fjord. Doch Tanja hielt es nicht lange aus, sie
stand auf, hockte sich vor Axel, legte ihren Kopf in
seinen Schoß und schloss die Augen. „Sag mal, wollen
wir uns nicht bald mal hinlegen? Geschlafen haben wir
seit vorgestern auch nicht ganz viel", fügte sie ent-
schuldigend hinzu. Axel betrachtete ihr Gesicht, fuhr
mit seinem Zeigefinger zärtlich über ihre Augenlider,
über ihren Nasenhügel, über ihre Lippen. Sie atmete
gleichmäßig, ihre Gesichtszüge waren vollkommen
entspannt. Er stand vorsichtig auf, reichte ihr die Hand
und zog sie langsam in Richtung Schlafzimmer. Vor der
Tür blieb sie noch einmal stehen, umarmte ihn, sie
küssten sich, seine Hände wanderten über ihren
Rücken, ihren Po, er hielt sie nun fest in seinen Armen. Sie drückte sich an ihn, ihr Atem wurde schneller. Die Zeit der Erkenntnisse war gekommen. In der
nächsten Stunde schien die Zeit still zu stehen, es gab
nur noch sie beide. Als sie endlich wieder voneinander

lassen konnten, schmiegten sie sich zum Einschlafen eng aneinander, glücklich.

Dienstag, 17. Juli 2012, Norwegen

Axel hatte noch die Augen geschlossen und rollte sich behäbig zu Tanjas Seite. Doch er spürte lediglich das zerknüllte Bett. Sie war offensichtlich schon auf, aber er hörte keinerlei Geräusche. Las sie in einem der Sessel? Auf dem Küchentisch fand er ein Blatt Papier:

„Guten Morgen Du, ich bin zum Frühschwimmen zum kleinen Hafen runtergegangen, komm nach, wenn du den Zettel rechtzeitig entdeckst. Möchte dir aber sofort Gedanken mitteilen, die mich kurz nach dem Aufwachen plötzlich überfielen. Dazu „Nie mehr" von Ulla Hahn:

„Das hab ich nie mehr gewollt
um das Telefon streichen am Fenster stehn
keinen Schritt aus dem Haus gehn Gespenster sehn
Das hab ich nie mehr gewollt
> *Das hab ich nie mehr gewollt*
> *Briefe die triefen schreiben zerreißen*
> *mich linksseitig quälen bis zu den Nägeln*
> *Das hab ich nie mehr gewollt*
Das hab ich nie mehr gewollt
Soll dich der Teufel holen.
Herbringen. Schnell.
Mehr hab ich das nie gewollt."

Wünsche mir sehr, dass du rechtzeitig wach wirst,
Tanja. "

Axel überlegte einen Moment, blickte dann aus dem Fenster in Richtung Hafen. Ja, Tanja schwamm noch. Er griff nach seiner Badehose und lief hastig den Weg zum Hafen hinunter. Das Wasser war für diese Jahreszeit noch sehr kalt, Fjordwasser. Aber auch das Panorama atemberaubend. Das fiel ihm besonders beim Rückenschwimmen auf.

Auf dem Rückweg liefen sie Hand in Hand. Axel fragte nach dem Zettel, nach dem Gedicht, das Tanja für ihn auf den Küchentisch gelegt hatte. „Wieso hast du ausgerechnet dieses Gedicht ausgesucht?" „Ach Axel, es ist sicherlich kein übliches Liebesgedicht. Aber mir gefällt es, für mich ist eine besondere Stimmung darin enthalten und solch einen Strudel der Gefühle vermisse ich seit langem, dem möchte ich mich durchaus mal wieder aussetzen." Axel blickte sie irritiert an. Tanja erzählte daraufhin, dass sie sich mit ihrem Mann in den letzten Jahren eher freundschaftlich verbunden fühle, sie schätzten sich, könnten gut über politische Themen oder ähnliches diskutieren, nur über sich und ihre Beziehung nicht so gut. Sie hätten eine lange Geschichte miteinander und eine Tochter, die beiden sehr wichtig sei. Doch jegliche Leidenschaft füreinander sei verloren gegangen. Und sie habe lange nicht gewusst, ob sie das bedauern oder als Normalzustand in einer Ehe akzeptieren solle. Nach dem gestrigen Abend wisse sie es genauer, sie habe es viel zu lange auf diese Weise ausgehalten.

In der Hütte angekommen zauberte Tanja schnell ein Frühstück. Axels Gedanken kreisten noch um das gerade geführte Gespräch. Bei ihm war es völlig anders gewesen, er und seine mittlerweile von ihm geschiedene Frau hatten bis zum Ende der Beziehung eine durchaus noch schöne Sexualität miteinander, wenngleich nach seinem Dafürhalten etwas zu selten. Die Defizite lagen in anderen Bereichen. Seine Frau hatte sich immer wieder beklagt, dass er zu wenig in gemeinsame Aktivitäten investierte, dass er zu sehr allein seinen Interessen, seinen sportlichen Aktivitäten und der beruflichen Karriere nachging. Darüber hatten sie immer häufiger gestritten. Und Axel hatte immer stärker den Eindruck gewonnen, dass seine Frau ihn für all ihre Unzufriedenheit verantwortlich machte, er hatte sich als Sündenbock gefühlt.

„Hallo, hier bin ich…!", lenkte Tanja seine Aufmerksamkeit wieder zum gemeinsamen Frühstück. „Oh, entschuldige, ich war in Gedanken ganz woanders. Was machen wir nach dem Frühstück?" Sie wollten das Fjell entdecken, von dem Axels Freund begeistert berichtet hatte. Diese hoch gelegene Zone, in der die Vegetation sehr karg war, nicht einmal mehr Wanderwege existierten, auch kein Handyempfang. Sie folgten der Wegbeschreibung, die sein Freund gegeben hatte. Im Fjell war es sehr feucht, eine Moorlandschaft mit vereinzelten Baumstümpfen. Als Markierung hatten Wanderer vor ihnen Steine zu Haufen geschichtet, es wechselten kleine Bachläufe mit größeren Wasserflächen.

„Sag mal, mir kommt es hier beinahe etwas unheimlich vor", wandte sich Tanja an Axel. Axel fühlte sich erleichtert, er hatte beinahe vom ersten Moment an dieser kargen Landschaft nichts abgewinnen können. Im Gegenteil, sie stimmte ihn traurig. Er konnte die Begeisterung seines Freundes nicht nachempfinden. Und so einigten sie sich schnell auf eine Umkehr. Auf dem Rückweg setzte ihnen auch noch ein heftiger Regen zu. In der Hütte rubbelten sie sich gegenseitig mit großen Frotteehandtüchern trocken und kuschelten sich mit einer großen Wolldecke zusammen auf das große Sofa. Axel hatte den in Fischerhude gekauften Band `Lieben´ von Karl Ove Knausgard herausgelegt, Tanja ein sehr dickes Buch. `Eine Frau flieht vor einer Nachricht´, las Axel halblaut vor.

„Tanja, was ist das für ein seltsamer Titel, und wer ist David Grossman?" Tanja lächelte, erzählte, dass sie auf den Schriftsteller aufmerksam geworden sei, als er den Friedenspreis bei der Deutschen Buchmesse in Frankfurt erhalten habe. Das Buch habe schon länger bei ihr zuhause auf dem Regal gelegen, doch wegen des großen Umfangs habe sie im Alltag nicht mit dem Lesen angefangen. „Ein Israeli, der sich engagiert für den Frieden von Juden und Palästinern ausspricht. Und das vor dem Hintergrund, dass er einen Sohn in diesem Konflikt auf tragische Weise verloren hat. Seine Frau, die Mutter, geht während des Fronteinsatzes des Sohnes auf eine lange Wanderung. Sie glaubt daran, durch die Nichterreichbarkeit bei dieser Wanderung auch vor schrecklichen Nachrichten geschützt zu sein. Aber das hat leider nicht funktioniert. Soweit weiß ich das aus den damaligen Buchbesprechungen", schloss Tanja und machte es sich mit dem dicken Wälzer auf dem Sofa gemütlich.

Sie blickte überrascht auf, als Axel sein Buch schon nach einer Viertelstunde zur Seite legte und sich an den großen Tisch setzte. Axel bemerkte den fragenden Blick: „ Mir gehen die Eindrücke aus dem Fjell nicht aus dem Kopf, ich schreibe meinem Freund einen Brief dazu."

„Klaus, mein lieber Freund,
heute sind wir auf deinen ausgelegten Spuren in das Fjell gewandert. Du hattest so viel davon erzählt. Eure Wanderung mit dem kleinen Zelt, die Übernachtung dort oben, der aus einem See geangelte Fisch auf dem Lagerfeuer, die Einsamkeit, all das hatte mich sehr beeindruckt und neugierig gemacht. Aber, und ich hoffe, du bist nicht entsetzt, mir ging es dort oben nicht gut und auch Tanja fand die Atmosphäre sehr bedrückend. Die karge Natur machte uns eher Angst oder zumindest bedrückende Gefühle. Muss man ein echter Naturbursche sein, um das anders wahrnehmen zu können? Lag es auch an dem umkippenden Wetter? Ansonsten sind die Tage hier einfach wunderbar. Dein Haus ist genau richtig für uns, ich erzähle mehr davon, wenn wir uns das nächste Mal sehen.
Liebe Grüße (unbekannterweise auch von Tanja),
Axel."

Mittwoch, 18. Juli 2012, Norwegen
Tanja und Axel wurden erst gegen neun Uhr wach. Die Helligkeit in der Nacht war für beide ungewohnt, brachte ihren Tag-Nacht-Rhythmus durcheinander. So gingen sie am Abend häufig sehr spät ins Bett. Axel

drehte sich zu Tanja um, stützte seinen Kopf auf den Unterarm. „Sag mal, wie hat dein Mann eigentlich reagiert, als du ihm erzähltest, dass du mit einem anderen Mann in Urlaub fahren willst? War er nicht fürchterlich sauer?" Tanjas Antwort enthielt für Axel überraschende, beinahe kaum nachvollziehbare Informationen. Sie erzählte, dass ihr Mann sehr verständnisvoll wäre, ihre Bedürfnisse durchaus kannte, aber in gewisser Hinsicht ihr nicht entgegenkommen könnte. „Er würde die Beziehung gerne aufrechterhalten, liebt mich auf seine Weise wohl immer noch. Aber er verstand und akzeptierte es sogar, dass ich dich richtig kennenlernen wollte. Dafür bewundere ich ihn ein bisschen." Mit diesen Worten drückte sie sich jedoch eng an Axel, küsste ihn, ihre Hände machten sich auf, seinen Körper erneut zu entdecken. Aber so früh morgens war Axel noch nicht in der Stimmung dazu, ging nur bis zu einer bestimmten Grenze auf ihre Zärtlichkeiten ein und sagte bald: „Komm, lass uns Frühstück machen! Oder sollen wir erst wieder Schwimmen gehen?" Zum Glück reagierte Tanja keinesfalls beleidigt, sie sprang auf, zog ihn an den Händen hoch: „Ja, Schwimmen!"

Später beim Frühstück beschlossen sie spontan, heute einen Tagesausflug nach Trondheim zu machen. Die Personenfähre ab Vanvikan fuhr stündlich, sie brauchten sich nicht abzuhetzen. Den kurzen Weg von der Anlegestelle der Fähre in Trondheim bis zum Ortszentrum liefen sie zu Fuß. Schon der Blick auf die alten, schön sanierten bunten Speicherhäuser ließ bei beiden die Begeisterung ansteigen. Unmittelbar davor auf dem Vestre Kanalhavn lagen viele Segelboote und Jachten. Das würde ein schöner Tag werden. Sie hatten bei der gut dreißigminütigen Überfahrt über den Fjord in einem Reiseführer geblättert und sich schnell einigen können. So durchquerten sie zunächst den Stadtkern mit raschen Schritten, ignorierten auch die Hinweisschilder zum Nidaros-Dom, denn zuerst wollten sie das kleine am Hang gelegene Stadtviertel Møllllenberg durchstreifen, die kleinen Kopfsteinpflasterstraßen, die altersschiefen Holzwohnhäuser und ´Tante Emma-` und Antiquitätenläden entdecken. Nachdem sie die imposante Gamle Bybrua-Holzbrücke über den Nidelv überquert hatten, rief Tanja begeistert: „Schau mal, Axel, ein Fahrradlift! Da lässt sich gerade jemand hochschleppen". Die Konstruktion war verblüffend, ein Metallklotz glitt in einer Schiene den Hang hoch. Man musste im richtigen Moment auf dem Rad sitzend den rechten Fuß daran bzw. dagegen stemmen und den Kontakt behalten. Nachdem sie weiter durch das kleine Stadtviertel gestreift waren, entschieden sie, die alte Festung Kristiansten auszulassen und in den Stadtkern zurückzukehren. Direkt vor der Brücke lagen niedliche kleine Cafés, man konnte überall draußen sitzen, Zeit für eine Pause.

„Tanja, darf ich hier mal ein Foto von dir machen?" „Na klar, aber dann mach ich auch eins von dir und ich will sie auch alle haben!" Zum Schluss lächelten sie gemeinsam in die Kamera, mit der Digitalkamera fanden sie nach einigen missglückten Versuchen bald den geeigneten Abstand und Winkel heraus, ihr erstes gemeinsames Foto.

In der Innenstadt stießen sie auf einen Buchladen. Nicht nur Tanja hatte daran großes Interesse. Auch Axel fand es spannend, die neuesten Krimis von Joe Nesbø oder Anne Holt im norwegischen Original zu entdecken, die noch gar nicht ins Deutsche übersetzt waren. Darauf konnte man sich also schon freuen. Von Knausgard waren schon alle sechs Bände des autobiografischen Projekts erschienen, alle gemeinsam auf einem großen Tisch auffällig ausgestellt. Die hatte Tanja zuerst entdeckt und rief Axel herbei. Axel fing an zu blättern und verzog plötzlich sein Gesicht. Er war auf den norwegischen Titel „Min Kamp" gestoßen. „Das übersetzen die hoffentlich nicht wörtlich, das würde doch zu sehr die Alt- und Neonazis beflügeln. Wie ist Knausgard ausgerechnet auf „Mein Kampf" gekommen", fragte Axel entsetzt. Tanja wusste es nicht, sie vermutete, dass es um seinen eigenen Kampf im Leben ginge.

Bald darauf entdeckten sie einen CD-Laden. Die norwegische Jazz-Szene faszinierte Axel schon länger. Er erzählte Tanja auch von der norwegischen Jazzsängerin Solveig Slettahjell, die in Trondheim als Tochter eines Pastors groß geworden war. Axel hatte sie vor kurzem in der Glocke in Bremen mit dem Pianisten Tord Gustavsen live erlebt und war begeistert. „Sag mal, wollten wir nicht auch noch ein wenig von Trondheim sehen?" Tanja zog Axel mit diesen Worten einfach an der Hand aus dem Laden hinaus. Bei einem kleinen Imbiss und insbesondere beim Eis danach wunderten sie sich über die norwegischen Preise. „Die müssen hier gut verdienen, sonst würden nicht so viele Eis essen", kommentierte Tanja die Szenerie.

Bei der Fährüberfahrt auf dem Rückweg kuschelten sie sich eng aneinander, am Abend aber waren sie sehr müde, zu müde. „Wir haben noch ganz viel Zeit und morgen ist auch ein Tag", flüsterte Axel Tanja kurz vor dem Einschlafen zärtlich ins Ohr.

Donnerstag, 19. Juli 2012, Bremen

Stefan erkannte schemenhaft, dass er in einem Krankenhausbett lag. Er konnte sich nicht rühren, hatte keinerlei Gefühl in seinen Beinen, an seinem Arm ein Tropf und die Rippen schmerzten fürchterlich. Auch sein Kopf schien mit einem festen Verband umwickelt. Er erinnerte vage die Fahrt auf der Autobahn am Abend, den Aufprall des Autos, was war aus seiner Kollegin geworden? Gerade in diesem Moment kam eine Krankenschwester herein. „Ah, Sie sind endlich wach geworden. Wie geht es Ihnen?" „Was ist mit mir, ich spüre meine Beine nicht", entgegnete er sofort. „In einigen Minuten kommt der Arzt vorbei, der wird es Ihnen erklären", war die zurückhaltende Antwort, die ihn keinesfalls beruhigte.

Stefan erfuhr kurz darauf, dass er vermutlich querschnittgelähmt bleiben würde. Außerdem, dass seine Kollegin als Beifahrerin wohl mehr Glück gehabt hatte, genauere Auskünfte wollte und durfte ihm der Arzt darüber aber nicht geben. „Sie müssen unbedingt meine Frau erreichen. Können Sie das für mich übernehmen? In meinem Handy ist ihre Nummer gespeichert und sie müsste", hier stockte er etwas, „ noch in einem Norwegenurlaub sein."

Donnerstag, 19. Juli 2012, Norwegen

Das Wasser kräuselte sich, dann wurden die Wellen höher. Die Regenwolken peitschten über den Fjord heran, erreichten schnell die Hütte. Trondheim verschwand hinter einem dichten Regenvorhang. Tanja und Axel schafften es gerade noch, die Gartenstühle und den Tisch unter dem Vordach zu verstauen. Ein Wetterumschwung so früh morgens, das würde wohl ein Hüttentag werden müssen. An einem solchen Sommertag konnte man sogar den Ofen gebrauchen. Axel holte Holz aus dem angrenzenden Schuppen und Erinnerungen an die Ahneberger Land-WG-Zeit kamen bei den ersten Handgriffen auf. Damals hatten sie ja ausschließlich mit Öfen geheizt und sich immer um das Holz kümmern müssen. „Wollen wir uns nachher mal gegenseitig einige der mitgenommenen Fotos zeigen", fragte Tanja etwas zögerlich. Axel hatte keinerlei Einwände, „klar, gerne, von mir aus jetzt gleich." Sie schoben die beiden Sessel so zusammen, dass sie durch die großen Fenster immer noch auf den Fjord blicken konnten.

Tanja erwischte als erstes ein Bild von ihrem Mann, zögerte mit der Weitergabe. „Gib schon", wurde Axel ungeduldig. Dann betrachtete er es lange. Ihr Mann hatte einen weichen Gesichtsausdruck und seine Gesichtszüge wirkten beinahe noch jungenhaft, durchaus sympathisch, er erschien ihm möglicherweise zu harmoniebedürftig. „Woran denkst du, Axel", fragte sie leise. Nun zögerte er ein wenig. Tanja antwortete rasch: „Nun ja, in gewisser Weise hast du Recht. Konflikte musste ich immer ansprechen, benennen und ihn fordern. Von ihm aus wäre vieles einfach so weitergelaufen oder unter den Teppich gekehrt worden. Aber er ist... oder war... ein ehrlicher und verlässlicher Partner. Darauf konnte ich immer bauen."

Axel erwischte als erstes ein Foto aus der Land-WG-Zeit. Es schien Sommer zu sein, viele Bekannte, die auf dem Rasen hockten, mit Kaffeebecher und einem Kuchenstück auf der Hand, vermutlich bei einer Pause einer langen Wochenendredaktionssitzung des ´Blatts` aufgenommen. Er zeigte mit dem Finger auf den jungen Mann am Bildrand. „Tanja, das ist eine irre Geschichte. Der hier fiel gleich nach seinem Einstieg beim ´Blatt` durch seine Kreativität in der Gestaltung auf. Mittlerweile ist er ein bekannter Designer an der Hochschule in Bremen, leitet auch noch ein Institut, mit dem er bereits zahlreiche Designerpreise gewonnen hat. Seine Frau macht das Gleiche, allerdings in Göteborg an der Uni. Die beiden Kinder wachsen dort auf und er pendelt hin und her." „Ah, wieder ein Fall vom Durchmarsch durch die Institutionen", brachte Tanja einen alten APO-Spruch an und beide kicherten darüber.

Die Zeit verging schnell. Die Fotos, dazu mehr oder weniger ausschweifend erzählte Familiengeschichten, sie waren dabei, sich allmählich ein Bild vom anderen machen zu können. Plötzlich räkelte sich Tanja und meinte, sie müsse mal den Standort wechseln, auf Dauer seien die IKEA-Sessel doch nicht ideal für ihren Rücken. Als sie es sich auf dem Sofa in der Nähe des bollernden Ofens gemütlich machte, streifte sie als erstes den dicken Pullover ab. Axel bemerkte, dass sie keinen BH angelegt hatte, ihre Brüste zeichneten sich unter dem T-Shirt ab. Er spürte es sofort, er musste zu ihr, er wollte sie berühren und mehr, auch wenn es noch nicht einmal Mittagszeit war. Und es wurde wieder sehr schön.

Tanjas Handy klingelte, als sie sich gerade wieder anziehen wollten. Sie guckten sich irritiert an. Axel erkannte es sofort an Tanjas Gesichtsausdruck, es musste etwas Schlimmes passiert sein. Das Gespräch dauerte nicht lange. Als sie aufgelegt hatte, brach sie in Tränen aus und Axel brauchte lange, um sie zu beruhigen. Bruchstückhaft, immer wieder von Tränen unterbrochen, berichtete sie, dass Stefan, ihr Mann, am Abend zuvor einen schlimmen Autounfall gehabt habe. „Der Arzt wollte am Telefon nichts Näheres sagen, aber es ginge ihm den Umständen entsprechend gut, nur wäre es angebracht, sofort zurückzukehren und ins Krankenhaus zu kommen. Ich habe ein ganz ungutes Gefühl, Axel."

Sonntag, 29. Juli 2012, Verden
Axel saß allein beim Frühstück am großen Küchentisch, schaute zum Terrassenfenster hinaus. Seine Gedanken kreisten immerzu um die Ereignisse der

letzten Wochen. Das Konzert in Fischerhude, Tanjas Ausstrahlung dabei, die wunderbaren Hüttentage am Fjord, der plötzliche Abbruch des Urlaubs, die weitgehend sprachlose Rückreise. Tanja war offensichtlich völlig gefangen in Sorge und Gedanken um ihren Mann.

Lediglich ein einziges längeres Gespräch hatte sich ergeben, mehr oder weniger zufällig über Chopins Lebensführung und seine Kompositionen. Eine der Polonaisen von Chopin war im Autoradio erklungen und das hatte Tanja aus ihrer Lethargie geweckt. Sie hatte nämlich im Jahr zuvor gleich zwei Biografien über Chopin gelesen, ihren Lieblingskomponisten. Als Axel nachfragte, kam die überraschende Erklärung, sie hätte der ersten Biografie misstraut. So ein seltsamer Typ wie dort beschrieben hätte Chopin ihrer Meinung nach nicht sein können. Aber in der zweiten Biografie, die ein Pole geschrieben hatte, hätten sich alle Eindrücke erneut bestätigt. Chopin lebte offensichtlich gerne auf Kosten anderer, lebte seine depressiven Stimmungen voll aus, zog sich dann zurück und konnte sich allenfalls noch mit dem Klavier verständigen, war ständig krank, starb früh an einer lange vorhandenen Lungenerkrankung. Tanja erzählte insbesondere vom Winter auf Mallorca 1838/39, den Chopin gemeinsam mit der französischen Schriftstellerin George Sand dort in einem ehemaligen Kartäuserkloster in Valldemossa verlebt habe. Das Liebesleben der beiden sei sehr ungewöhnlich gewesen, offensichtlich weitgehend platonisch und George Sand habe darüber sogar einen Schlüsselroman geschrieben. Sie habe Chopin beim Verfassen mehrfach daraus vorgelesen, doch Chopin habe das gar nicht auf sich bezogen. „Sand sprach manchmal von ihrem ´Chip, Chip`, so als ob sie ein Kind in Pflege gehabt hätte. Nee, das geht doch gar nicht", hatte sich Tanja entrüstet. Doch kurz darauf versank sie wieder in ihrem Schweigen.

Axel setzte sich ans Klavier, spielte zunächst einen Walzer von Chopin, dann das dunklere Prelude in e-Moll, opus 28 Nr.4., das Chopin auf Mallorca komponiert hatte. Das entsprach mehr seiner aktuellen Stimmung. Er stellte sich vor, dass Tanja mit ihm leben, irgendwo im Haus herumlaufen und ebenfalls die Klänge hören würde. Dann würde sie sich vielleicht von hinten nähern, ihn umarmen und „heute so traurige Musik…, aber dennoch schön" in sein Ohr flüstern. Doch angesichts der Stimmung auf der Rückfahrt und der nur einen sehr kurzen Mail von ihr seitdem beschlichen ihn große Zweifel, ob das Wirklichkeit werden würde. In der Mail hatte sie ihm vom Unfall des Mannes berichtet und den schlimmen Folgen. Sie fühle sich verpflichtet, sich um ihren Mann zu kümmern, in diesem Zustand könne sie ihn nicht verlassen. Sie hatte das zwar viel wortreicher erklärt, aber letztlich war es so für ihn zusammenzufassen.

Eine Passage aus der Mail tauchte immer wieder in seinen Gedanken auf, sie hatte geschrieben: *„Ich vergleiche die Fantasien, die du bei mir ausgelöst hast, mit einem Tier, das du in mir geweckt hast, das ständig mit Tagträumen gefüttert werden will. Das Tier* *schläft nun wieder und ich komme so in die Realität zurück.*" Wie gerne hätte er – vielleicht abends bei einem Glas Wein oder bei einem ausgedehnten Wochenendfrühstück – mit ihr zusammen gesessen, sie berührt, „das Tier wieder aufgeweckt", aber zum Beispiel auch mit ihr über den Antwortbrief von Klaus gesprochen, den er überraschend erhalten hatte.

„Lieber Axel,

du brauchst dir gewiss keine Gedanken zu machen, auch ich habe ein besonderes Verhältnis zum Fjell. Bei mir setzt dort allerdings fast immer eine verstärkende Wirkung von Gefühlen ein, in beide Richtungen. Wenn die negative Wirkung einsetzt, fühle ich mich klein und einsam, die Natur wirkt auf mich übermächtig und überlegen, ich bin dann fremd dort... Es können sich bei mir aber auch positive Gefühle enorm verstärken. Einmal habe ich sogar erlebt, dass ich aus einer depressiven oder jedenfalls sehr melancholischen Stimmung beinahe von allein herausgerissen wurde. Hierzu braucht es ein Lösen von den „schwarzen Gedanken" und ein Einlassen auf die Natur. Dann kann eine gewaltige Kraft zurückströmen, welche deine menschlichen Sorgen gleichsam wegbläst. Ich würde und werde mich gerne mit dir einmal ausführlicher darüber unterhalten und dir mehr darüber erzählen, vielleicht an einem Saunaabend bei dir? Vielleicht kennst du das Phänomen auch, hast aber andere „Werkzeuge" in deinem Persönlichkeitsschrank?

Bis hoffentlich bald.
Dein Klaus."

Er setzte sich an den PC und googelte nach Liebesgedichten von Ulla Hahn. Vielleicht würde es ihm auf
diese Weise gelingen, sich Tanja nahe zu fühlen. Er
entdeckte ausgerechnet ´Irrtum`:

„Und mit der Liebe sprach er ists
wie mit dem Schnee: fällt weich
mitunter und auf alle
aber bleibt nicht liegen.

Und sie drauf die Liebe ist
ein Feuer das wärmt im Herd
verzehrt wenns dich ergreift
muß ausgetreten werden.

So sprachen sie und so griff
er nach ihr sie schlugs nicht aus
und blieb auch bei ihm liegen.

Er schmolz sie ward verzehrt
sie glaubten bis zuletzt an keine Liebe
die bis zum Tode währt."

Axel konnte nur mit Mühe seine Tränen unterdrücken,
ein schwacher Trost darin, dass Tanja und er diese
´Irrtum- Art` von Liebe nicht gesucht und nicht gewollt
hatten. Eine andere wohl auch nicht gefunden oder
doch, allerdings nur für eine Woche.

„Ich baue um mich herum eine Mauer auf, damit ich ungestört malen kann."

(Edvard Munch, Postkarte MO 76 „In der Veranda des Munchhauses in Warnemünde", Edition A-B-Fischer)

Begegnung mit Munch

Die Wellen plätscherten leise an den hellen Sandstrand, keine Schaumkronen. Nur eine leichte Brise wehte vom Meer. Johannes spürte die schon tief stehende Sonne angenehm auf der Haut, mittags hatte er den Strand noch gemieden. Er blickte in Richtung der bewaldeten Steilküste, die den schmalen mit Steinen übersäten Strandabschnitt einläutete. So schön hatte er sich die Ostsee bei Warnemünde gar nicht vorgestellt.

Jetzt war es drei Jahre her. Die Erinnerungen waren noch sehr konkret. Würden sie überhaupt jemals verblassen? Dazu kam seine bleierne Müdigkeit, seine Antriebslosigkeit in den letzten Monaten. Stefan hatte ihm beim letzten gemeinsamen Saunaabend dringend zugeredet, ein paar Tage wegzufahren, irgendwo ans Meer. Er müsse mal abschalten, raus aus seinen vier Wänden. Er gäbe den Menschen so viel, nun solle er mal an sich selber denken. Johannes hatte seine melancholischen Gedanken weitgehend verschwiegen und Stefan zum Glück nicht näher nachgefragt. Einige Wochen später hatte er sich tatsächlich aufgerafft und noch ein Quartier gefunden.

Johannes blinzelte in die Morgensonne, hatte also bis auf eine einzige Unterbrechung offenbar durchgeschlafen. Das konnte er kaum glauben. Und den 25. August zum dritten Mal überstanden, zum dritten Mal allein. Für heute hatte er sich die Radtour nach Heiligendamm vorgenommen, der Weg schien immer entlang der Steilküste zu führen. Auch ein Gespensterwald war auf der Karte vermerkt und würde vielleicht die eigenen Gespenster vertreiben. Wenn es nur so einfach wäre.

Er bog an einem Gartenlokal, das baulich immer noch an die DDR-Zeiten erinnerte, in einen kleinen Waldweg ab. Dadurch konnte er direkt an der Steilküste entlang radeln. Ursprünglich hatte Johannes an eine sportliche Tour gedacht und stramm in die Pedale zu treten, doch nun hielt er immer wieder an, machte Fotos – das bläuliche Türkis der Ostsee, die weißen Segel der kleinen Boote vor dem Horizont, ab und zu auch mal braune Segel, die großen Bäume am Steilufer im satten Grün. Er entdeckte Sanddorn, steckte sich ein paar Beeren in den Mund, sie wirkten sehr erfrischend. Würde er hier doch zu neuen Kräften kommen? Zuhause fiel es ihm in den vergangenen Monaten zunehmend schwerer, sich auf seine Arbeit zu konzentrieren, sich überhaupt auf irgendetwas zu konzentrieren. Viele beinahe schlaflose Nächte, in denen die Bilder immer wieder zurückkehrten. Dabei hatte er doch geglaubt, das Trauma nahezu überwunden zu haben: Vor drei Jahren hatte sich Geschke – seine Frau – das Leben genommen.

Durch die Selbsthilfegruppe in Bremen, die er dann zum Glück gefunden hatte, war ihm klar geworden, dass er nicht alleine mit einem solchen Schicksal umzugehen hatte. Und auch seine Freunde hatten sich keinesfalls abgewendet, viele Stunden bei ihm gesessen, zugehört. Vier Monate danach hatte er seine Stelle in der unteren Naturschutzbehörde beim Landkreis aufgegeben und sich zum Trauerbegleiter ausbilden lassen. Für ihn war das der einzig mögliche Weg. Er wollte anderen in den schweren Stunden des Abschieds beistehen, passende Worte finden, neue Zeremonien für diejenigen entwickeln, denen die üblichen Abläufe im kirchlichen Rahmen nicht genug oder gar keinen Halt gaben.

Bei dieser Entscheidung hatte er nicht geahnt, dass er wenige Monate später seinen Freund Herrmann beerdigen würde. Herrmann, der endlich, nachdem sich seine Frau so überraschend von ihm und den drei erwachsenen Kindern getrennt hatte, mit Rosalie an eine neue Zukunft zu denken wagte. Johannes hatte die beiden einmal vom Alleruferweg aus gesehen, sie schlenderten händchenhaltend durch die Wiesen und hatten sehr glücklich gewirkt. Eines Morgens hing zunächst Herrmanns Augenlid schlaff herunter und tagelang konnte er das Auge nicht mehr richtig öffnen. Nach einigen Untersuchungen die schreckliche Diagnose, ein Hirntumor, inoperabel. Es war dann sehr schnell gegangen.

Johannes hatte einige Tagebuchauszüge aus der Klinik bei den Kindern lesen dürfen. Herrmann schrieb sehr drastisch, beklagte sich voller Bitternis, warum gerade er, warum gerade jetzt, warum ließ ihn der Körper so im Stich, warum verfaulte er von innen bei noch wachem Verstand? Kein Skilaufen mehr, kein lebendiges Beisammensein mit der Freundin und den Kindern.

In den Trauergesprächen mit den Kindern, mit Rosalie und der getrennt lebenden Frau —alles nicht gerade einfach — hatte Johannes vorgeschlagen, Auszüge aus diesen Tagebuchaufzeichnungen auf der Trauerfeier vorzulesen. Alle sollten spüren, wie sehr Herrmann noch am Leben gehangen hatte, wie sehr er zürnte, wie sehr er diese Krankheit bis zuletzt nicht hatte akzeptieren können. Er hing so sehr am Leben und so sollte er in Erinnerung bleiben. Für Herrmann gab es keinen Trost auf ein ewiges Leben danach und davon auf der Trauerfeier zu reden, wäre eine Lüge gewesen. Den einzigen Trost hatte Johannes in dem Zusammenhalt der neuen Familienkonstellation gesehen, denn die Kinder hatten sowohl in Rosalie als auch in der Mutter eine große Stütze.

Und das hatte Johannes dann sehr deutlich in seiner Trauerrede hervorgehoben. Außerdem hatte er einen langen Rückblick auf das erfüllte, wenn auch zu kurze Leben von Herrmann gehalten. Das große Foto, auf dem Herrmann sein typisches Lächeln zeigte, hatte dabei die gesamte Zeit über vor dem Sarg gestanden. Es war ein ehrlicher tränenreicher Abschied. Und es hatte Johannes trotz allem in seiner Entscheidung bestärkt. Ja, er konnte passende Worte finden, Trost geben, das war ihm vielfach dankend gesagt worden.

Am nächsten Morgen hatte sich Johannes schon bald nach dem Frühstück in den Ortskern aufgemacht. Er wollte nicht nur am Strand liegen oder die Umgebung von Warnemünde radelnd erkunden, sondern auch den Ort selbst kennenlernen. Als er die volle Strandpromenade vor dem Hotel ´Neptun` und dem alten Leuchtturm erreichte, schob er sein Rad. Die Eisdiele wirkte einladend und er wunderte sich, in Verden war das Eis teurer. Dann entdeckte er ein kleines Hinweisschild zur Buchhandlung ´Möwe`. Der Buchladen war recht klein, hatte aber ein erstaunlich interessantes Angebot und lud ihn zum Stöbern ein. ´Die Liebe in groben Zügen` von Bodo Kirchhoff fiel ihm ins Auge. Er las auf der Rückseite „...ein ausbalancierter Zustand – bis Vila mit ungeahnter Intensität einen anderen zu lieben beginnt. Eindringlich erzählt Bodo Kirchhoff von einer Ehe als ewiger Glückssuche und der unstillbaren Sehnsucht nach Liebe." Ob er sich das zumuten konnte? Er wollte es spontan an die Kasse legen, sich dieser Thematik aussetzen, zögerte, las ein paar Seiten. Die Sprache fand er jedoch nicht ansprechend, vielleicht war er für diese Thematik auch noch nicht bereit, legte es zurück und schaute sich weiter um.

Sein Blick fiel auf einen kleinen Flyer über das ´Munch-Haus` in Warnemünde, daneben eine Biografie ´Der Maler Munch` von Tanja Langer. Sollte er sich doch einmal mit Munch beschäftigen? Bisher waren ihm die Bilder zu düster, zu melancholisch. Spontan nahm er das Buch mit zur Kasse und fragte den Buchhändler nach dem Weg zum ´Munch-Haus`.

Es lag am Alten Strom, genauer ´Am Strom 53`, eine Gasse, die mit Baumbestand und Kopfsteinpflaster den Charme des vergangenen Jahrhunderts bewahrte, der Bahnhof gegenüber auf der anderen Seite der Warne ebenfalls noch aus diesen Zeiten. Johannes sah Edvard Munch hier vor seinen Augen flanieren, in feinem Anzug und mit Hut, vielleicht auf dem Weg zum Strand, vielleicht in Gespräche mit Fischern oder Marktfrauen vertieft.

Das schmale Haus sah einladend aus, die Veranda mit dunkelgrün gestrichenen großen Fenstern, der weiße Giebel mit kleinen Fenstern, darüber ein Rundbogen. Zögernd griff Johannes zur Klinke, doch schon kam jemand aus den hinteren Räumen ihm lächelnd entgegen: „Guten Tag, kommen Sie doch herein. Ich zeige Ihnen gern die Räume." Die Frau stellte sich knapp, aber freundlich vor, „Henrike Sörensen", sie arbeite hier ehrenamtlich an ein oder zwei Nachmittagen in der Woche, wenn ihr Dienstplan es erlaube. Sie würde seit einem Jahr in der Klinik in Heiligendamm als Krankengymnastin arbeiten und hätte bald darauf das ´Munch-Haus` kennengelernt. Johannes schaute auf ihre zartgliedrigen Hände, als ihre Finger auf ein Sofa vom Anfang des vorigen Jahrhunderts zeigten.

„Und genau auf diesem saß Edvard Munch in den Jahren 1907 und 1908 häufig hinter den vorgezogenen Gardinen, so war es damals üblich, blickte auf die Straße und ließ sich von den Passanten zu Phantasien und Bildern anregen." Johannes entschuldigte sich: „Wissen Sie, ich kenne eigentlich nur den ´Schrei` von

Munch und habe mich bisher wenig mit ihm beschäftigt. Es gab keinen Anlass dazu, und seine Bilder schienen mir ohnehin ziemlich düster." Zu diesem Zeitpunkt konnte Johannes noch nicht ahnen, wie sehr ihn Munch in den folgenden Tagen beschäftigen würde.

„Ja, ich verstehe Sie schon. Aber es gab in seiner Zeit in Warnemünde auch andere Bilder. Schauen Sie mal hier" – sie griff nach einem Buch mit zahlreichen Bildern von Munch – „ dieses Bild ´Badende Männer´, kräftige nackte Männerkörper voller Vitalität, im Original beinahe lebensgroß, im Hintergrund fröhlich badende Frauen, keine düsteren Farbtöne…" Sie fuhr fort, dass dieses Bild damals sogar für einen Skandal gesorgt hätte. Dem an der rechten Seite im Bild festgehaltenen Bademeister, der die Nacktheit am Strand gebilligt hätte, sei sogar gekündigt worden. „Und stellen Sie sich vor, Munchs Haushälterin, eine prüde, vermutlich nie aus Warnemünde herausgekommene Frau, wollte ihm sogar Vorschriften machen. Nackte Modelle wie die Schwestern Meissner aus Berlin könne sie nicht im Haus tolerieren. Bald darauf entschloss sich Munch, ihr zu kündigen!"

Als Johannes in den kleinen Innenhof mit dem großen alten Birnbaum und den blühenden Rosenstöcken geführt wurde, atmete er tief durch, stellte sich Munch auf der Bank unter diesem Birnbaum vor, flüsterte: „…welch Ruhe, welch Frieden!" Doch er erfuhr auch, wie sehr Munchs Dämonen ihn hier gequält hatten: „Ständige Fluchten in den Alkohol, er ver-

71

schickte an norwegische Künstlerkollegen wie Christian Krohg oder Heiberg Postkarten mit beleidigenden Worten und Zeichnungen, kam auch hier nicht von Tulla Larsen los, deren ungezügelte Sexualität ihn über viele Jahre gebunden und gleichzeitig abgestoßen hatte. Aber da wäre eine lange Geschichte zu erzählen", endete sie lächelnd.

Johannes wurde immer neugieriger auf diesen Munch. Zum Abschied bekam er überraschend einen kleinen Ableger vom Rosenstock geschenkt. Er fragte sich, ob er noch einmal zu einem Besuch wiederkommen solle.

Abends im Hotelbett griff er nach der Biografie. Der Klappentext klang interessant: *„Es sind die Extreme, denen sich der große Maler Edvard Munch (1863 – 1944) zeit seines Lebens ausgesetzt hat. Radikal wie kein anderer lotete er existenzielle, seelische Zustände aus und setzte sie in eine aufsehenerregende Bildsprache um."* Johannes wurde schon von den ersten Zeilen gefangen genommen. *„Im Hof in Warnemünde steht ein Baum. Ein Birnbaum, hundert Jahre alt, knorrig, die Blätter der riesigen Krone bilden im Sommer ein Dach. Nielsen fegt den schmalen Hof, Munch malt ihn."*

Die wenigen in der Mitte des Buches enthaltenen Bilder sah er nun mit einem anderen Blick. ´Eifersucht`, ´Loslösung`, ´Das Kind und der Tod`, auch ´Badende Männer`, ´Modell am Korbstuhl` und ´Der Nachtwanderer (Selbstporträt)` fesselten seine Aufmerksamkeit. Er nahm sich vor, gleich morgen in der

Buchhandlung zu fragen, ob ein Bildband oder ein Ausstellungskatalog zu einem erschwinglichen Preis vorhanden oder zu bestellen war. Dann fielen ihm die Augen zu.

Stunden später erwachte er schweißgebadet. Es war nur ein Traum, leider der Traum. Er sah weit aufgerissene Augen, die Augen seiner Frau, ein nicht zu deutender Ausdruck im Gesicht, die Arme weit ausgestreckt, beinahe dem Licht entgegen und die Lichter des Zuges kamen näher, bis er sie erfasste. Wie häufig hatte er vor drei Jahren diese Szene geträumt, in den ersten fast schlaflosen Nächten und in vielen Nächten danach. Immer mit Schuldvorwürfen verbunden.

Hätte er es nicht rechtzeitig bemerken müssen? In den letzten Monaten war Geschke immer stiller geworden, hörte wenig Musik, schien sie kaum noch zu ertragen. Zuvor hatte sie häufig abends aus ihrem Redaktionsalltag beim „Weserkurier" erzählt. Sie hatte für ihre journalistische Arbeit im Bereich der Innenpolitik und der Kriminalität durchaus „gebrannt". Johannes hatte ihr immer gerne zugehört, fand besonders die Geschichten aus dem Bereich der organisierten Kriminalität in und um Bremen herum sehr spannend. Wie gewisse Clans und Rockergruppen ihre Reviere absteckten, beinahe eigene Gesetze schufen und diese durch ein eng gezogenes Netz von Überwachung und Einschüchterung durchzusetzen verstanden. Manchmal hatte er es kaum glauben können oder wollen. Und sie hatte sich so sehr über eine Kollegin in der Redaktion geärgert. „Stell dir vor, Johannes, heute hat sie sich mir gegenüber damit gebrüstet, dass sie einen Oberstaatsanwalt in Verden seit Monaten als Quelle benutze. Sie treffe sich mit ihm gelegentlich in einer Kneipe. Er habe wohl ein leichtes Alkoholproblem, ein Spieler- und Frauentyp, der mit seinen Geschichten prahle." Johannes hatte sofort nachgefragt: „ Meinst du, sie hat auch etwas mit ihm angefangen?" Geschke hatte darauf ausweichend geantwortet, sogar angedeutet, dass ihrer Meinung nach eher Geld geflossen sein könne, dafür hätte sie aber keine Beweise.

Geschke hatte immer die Verwendung solcher Quellen verurteilt. Man könne doch nicht unterscheiden, was Prahlerei und was Wirklichkeit sei – gerade bei einer solchen Figur wie diesem Oberstaatsanwalt.

Johannes hatte damals versucht, ihre Wut und Enttäuschung zu relativieren, indem er auf den staatlichen Ankauf von illegal angebotenen Steuer-CDs hinwies: „Da fließt auch Geld an Leute, die in Banken in der Schweiz arbeiten und das Bankgeheimnis verletzen." Doch da hatte Geschke energisch widersprochen., Sie hatte darauf verwiesen, dass in den begründeten Verdachtsfällen von Steuerhinterziehung dann richterliche Beschlüsse erwirkt werden würden und Untersuchungen bei den Banken stattfinden würden, da sei kein Raum für Fälschungen oder Prahlereien.

War Geschke an solchen moralischen Fragen gescheitert, hatte sie sich in der Redaktion immer mehr iso-

liert oder war sie verzweifelt angesichts der unge-
hemmten Brutalität, über die sie häufig berichten
musste? Burnout? Oder hatte etwas in ihrer Beziehung nicht mehr gestimmt? War es die Kinderlosigkeit
in ihrer Ehe? Die Wechseljahre? Immer wieder hatte
sich Johannes diese Fragen gestellt.

Letztlich hatte er erst neue Kraft für sich gewonnen,
als er spürte, wie sehr seine Trauerreden den Ange-
hörigen halfen. Dabei schaffte er es, Worte zu finden,
Worte, mit denen das viel zu kurze Leben eines jungen Abiturienten nach einem tödlichen Autounfall
beschrieben werden wollte oder der steinalt verstor-
bene Familienpatriarch zu betrauern war. Nun waren
auch ihm in den letzten Monaten die Kräfte allmählich
versiegt. Und das hatte ihm durchaus Angst gemacht.
Vielleicht gut, dass Stefan beim Saunaabend so energisch interveniert hatte.

Plötzlich fiel ihm ein Trauerfall ein, der ihn sehr beschäftigt hatte. Der kleine Jan war mit knapp fünf
Jahren an Leukämie gestorben. Auch eine groß an-
gelegte Typisierungsaktion, an der Sportvereine und
Schulen in der Umgebung teilgenommen hatten,
hatte keinen geeigneten Rückenmarkspender hervor-
gebracht und das wäre Jans einzige Chance gewesen.
Die Eltern hatten ihn sehr bedrängt, seine Trauerrede
mit politischen Akzenten zu versehen. Das war ihm
schwer gefallen, einige Passagen erinnerte er: „Wir
wissen nicht, warum Jan diese Krankheit bekam. Es
kann eine zufällige genetische Entwicklung gewesen
sein, es hat ihn zufällig getroffen und die Ärzte waren

machtlos. Seine Eltern konnten ihn nur noch auf wunderbare Art und Weise liebevoll begleiten. Jan war sich ihrer Liebe bis zum letzten Moment gewiss."

Doch die Eltern hatten sich Fragen gestellt, Fragen, deren Antworten vielleicht andere noch schützen könnten, vielleicht auch gegenstandslos waren. Jan war erst ein halbes Jahr zuvor mit seinen Eltern nach Verden gezogen. Davor hatte die Familie im Landkreis Rotenburg (Wümme) gelebt und gerade für diesen Landkreis war das aktuelle Krebsregister sehr in die Diskussion geraten. Es gab eine auffällige Häufung von Leukämiefällen. Bürgerinitiativen, die auf die Gefahren von Fracking und der Verpressung von Lagerstättenwasser bei der Gas- und Erdölgewinnung aufmerksam machten, wissenschaftliche Untersuchungen dazu forderten, stellten einen Zusammenhang her oder hielten ihn zumindest für möglich. Johannes war es sehr schwer gefallen, das in seine Rede einzubauen, doch die Eltern hatten es hartnäckig gefordert. Er hatte dann von „unbewiesenen Vermutungen bzw. Hypothesen gesprochen, die jedoch unbedingt von neutralen Fachleuten zu untersuchen wären, der Lebensschutz müsse immer an erster Stelle stehen...". In der Trauergemeinde hatte es viele gegeben, die an dieser Stelle deutlich mit dem Kopf genickt hatten. Auch die Musik war sehr speziell ausgewählt, die Eltern wollten den Trauermarsch von Chopin auf einem Klavier in der Kapelle gespielt haben, keine Orgelmusik. Direkt danach hatte der Vater die Urne in seinen Armen zur Grabstätte herausgetragen. Nicht nur Johannes hatte dies beeindruckt, das konnte er an vielen Gesichtern anderer Trauergäste ablesen. Und die Kondolenzschlange am Grab hatte sich erst nach langer Zeit aufgelöst.

Johannes blätterte in dem neu erworbenen Bildband und suchte ein spezielles Bild. Vom Buchhändler hatte er erfahren, dass die Biografin Tanja Langer bei einer Lesung in Warnemünde verraten hatte, woher ihre Faszination für Munch stammte. Sie hätte sich mit Anfang 40 in einer gewissen Lebenskrise befunden, noch attraktiv, noch mit dem Gefühl, alles haben und erleben zu können. Dann seien plötzlich Fragen aufgetaucht. Genau in dieser Phase hätte sie an einem typischen norwegischen Regentag in Bergen im Museum vor einem Bild von Munch gestanden – ´Die Frau`, 1894 gemalt – und doch für ihre eigene Situation so zutreffend. In der Mitte des Bildes stand eine Frau – Tulla Larsen, wie sie später herausfand – nackt, aufreizend, unwiderstehlich, links im Bild abgewandt im langen weißen Kleid eine mädchenhafte Unschuld, rechts schwarz gekleidet, eine gealterte Frau, die offensichtlich den Tod ins Bild brachte. Plötzlich wäre ihr etwas klar geworden: Wie lange würde sie sich noch so über ihren Körper und ihre Energie definieren können. Wann müsste sie ihre Lebensinhalte neu fassen? Munch hätte ihr mit diesem Bild die Fragen zugeworfen. Danach hätte sie mit immer größerer Faszination die Bilder und die Lebensgeschichte von Munch in Verbindung gebracht und unbedingt darüber schreiben wollen.

Johannes konnte diese Erklärungen gut nachvollziehen, nachdem er das genannte Bild gefunden und lange betrachtet hatte. Und hatte er jemals Geschke so begehrt? Doch, in den ersten Jahren schon, ganz eindeutig. Einige andere Bilder entfalteten bei ihm ebenfalls eine besondere Wirkung. ´Kuss am Fenster` ließ ihn wiederum intensiv an besondere Momente mit Geschke denken, trieb ihm Tränen in die Augen. Und im ´Schrei` spürte er plötzlich Munchs unbewältigte Verzweiflung über den frühen Tod seiner Mutter, den frühen Tod seiner Schwester Sophie und über die jahrelange Unterbringung seiner Schwester Laura in einer psychiatrischen Anstalt.

Wie konnte er selbst „schreien"? Wie konnte er die zermürbenden Fragen um Geschke loslassen, auf die er nie eine Antwort bekommen würde? Nur über die Arbeit als Trauerredner ging es offensichtlich auf Dauer nicht.

Als Johannes am nächsten Tag aufwachte, spürte er, dass er aktiver werden musste. Er nahm sich vor, in den verbleibenden knapp drei Urlaubstagen jeden Morgen eine halbe Stunde langsam am Strand zu joggen, das würde er schaffen, dann kurz in die Wellen einzutauchen und danach ausführlich zu frühstücken. Und gleich heute würde er nach dem Mittag noch einmal ins ´Munch-Haus` gehen.

Johannes war ein Stück an der Steilküste entlang aus dem Ort geradelt, saß nun lesend auf einer Bank am Hang, blickte manchmal vom Buch auf und ließ den

Blick übers Meer schweifen. Die Biografie war wirklich sehr lebendig geschrieben, eher ein Roman über Munchs Leben, in dem Tulla Larsen offensichtlich eine große Rolle gespielt hatte: *„Was willst du", fragt er. „Ich will alles", sagt sie. „Ich will mit dir leben, mit dir reisen, ich will alles wissen von dir, was du denkst, was du fühlst, was dich bewegt. Ich will alles mit dir teilen…" Sie küsst ihn. Er hat Angst zu ersticken. „…Die Aufgabe des hart umkämpften inneren Raums. Du willst mir ins Hirn. Mich manipulieren."* Und Munch hatte große Angst, sich der Malerei nicht mehr mit voller Hingabe widmen zu können, wenn er sich auf diese Frau eingelassen hätte, das erschien Johannes ganz offensichtlich. Munch hatte das sehr deutlich formuliert: *„Du bist die Frau, die voll Zärtlichkeit meinen Nacken küsst. Du bist mein Tod. Meine Liebe zu dir wirft mich in eine Einsamkeit, aus der ich nur durch den Verzicht auf dich hinausfinde. Ich hasse dich. Ich liebe dich."*

Eigenartigerweise fühlte Johannes leichtes Herzklopfen, als er die vier Treppenstufen zum ´Munch-Haus` hochging. Ihm kam ein junger Stipendiat entgegen, am Pullover als Norweger zu erkennen, leider nicht Henrike Sörensen. Das ´Munch-Haus` vergab für einige Wochen zeitgleich jeweils ein Stipendium an einen norwegischen sowie an einen deutschen jungen Künstler, die in dieser Zeit in dem Haus lebten, arbeiteten und ausstellten. Als Johannes ihn gerade ansprechen wollte, tauchte Henrike auf dem Flur auf. „Ich glaube, ich übernehme den jungen Mann", schubste sie den Stipendiaten beinahe beiseite, „na, noch Fragen, womit kann ich helfen?" Johannes spürte plötzlich, dass er sich auf diese Situation überhaupt nicht vorbereitet hatte. Wie dämlich. Doch dann fasste er sich, lächelte sogar. „Ich bin in den letzten beiden Tagen ein Munch-Fan geworden! Und dachte, vielleicht bekomme ich noch weitere Anregungen hier. Schließlich neigt sich mein Urlaub dem Ende zu, übermorgen fahre ich wieder zurück."

Henrike griff daraufhin zu einer Schwarz-Weiß-Postkarte, die ein Motiv aus dem Innenhof zeigte, den schräg geneigten dicken Stamm des Birnbaums, das Hofpflaster eng darum herum, eine lauschige Holzbank. Sie zeigte mit ihrer Hand auf ein Zitat und wieder fielen Johannes die feingliedrigen Finger auf, stellte sich plötzlich vor, von ihnen berührt zu werden, versuchte jedoch, diesen Gedanken schnell zu verdrängen. Solche Gefühle hatte er sich in den letzten Jahren nicht erlaubt. *„Es geht mir viel besser, ich lebe seit dem Sommer von Haferschleim, Milch, Brot und Fisch. Nun bin ich wie neugeboren."*, las sie vor, dann spontan: „Ich glaube, Sie sehen überwiegend Probleme, Ängste, Trauer bei Munch, es gab auch andere Phasen, wie Sie hier sehen, gerade in Warnemünde. Der Ort tut manchem gut", fügte sie hinzu und lächelte ihn dabei an. Doch sie erzählte auch schon bald danach, dass Munch nach etwa eineinhalb Jahren 1908 überhastet aufbrach, seine Möbel und Kleidung mussten ihm später nachgeschickt werden.

„Sein Alkoholproblem, Verfolgungsängste, Wahnvorstellungen, er fühlte sich von Detektiven und Spionen umgeben, floh Ende August nach Kopenhagen, irrte dort umher, besuchte Bekannte, irrte weiter umher, bis ihn ein Freund am 3. Oktober in eine Nervenheilanstalt in Frederiksberg brachte, zu Professor Jacobson. Stellen Sie sich mal vor, die große norwegische Zeitung ´Aftenbladet´ schrieb damals: ´Norwegischer Maler geisteskrank! Edv. Munch in der Nervenklinik. Das unruhige Künstlerblut!´ Dort verbrachte er mehr als ein halbes Jahr, zeichnete und malte aber weiterhin. Und ausgerechnet in dieser Zeit wurde er zum Ritter des St. Olavs Ordens ernannt, eine Ironie des Schicksals, eine plötzliche Freundlichkeit seines Landes. Er lag dort eingepackt an offenen Fenstern, wurde jeden Tag elektrisiert, massiert, gebadet. Weitere Ironie des Schicksals: Genau in dieser Zeit wird er wohlhabend. Freunde von ihm kümmern sich in Kristiania um den Verkauf seiner Bilder, sechzigtausend Kronen, ein Vermögen damals."

Plötzlich blickte sie zur Uhr. „Wir schließen um 17 Uhr, wollen wir vielleicht noch irgendwo einen Kaffee trinken oder etwas essen? Eigentlich habe ich schon ziemlich großen Hunger." Das Fischrestaurant läge nur 50m entfernt, eng, aber gemütlich und mit wirklich guter Küche, versicherte Henrike.

Schon bald waren sie wieder bei Munch angelangt. Henrike erzählte voller Begeisterung von der „Kristiania-Boheme": „Wenn du, oh, Entschuldigung, Sie…", Johannes unterbrach, „ach, wir können uns ruhig duzen", und sie fuhr fort „also wenn… du mal die Bilder, …eh… Radierungen „Kristiania Boheme I und II" sehen

81

solltest, da erfährst du sehr viel über die kulturelle Situation in Oslo, damals noch Kristiania, so um 1900 herum. Es gab einen Kreis von Malern und anderen Intellektuellen, sie trafen sich häufig im ´Grand Hotel` in der Karl Johanns Gata. Besonders der Schriftsteller Hans Jäger hatte revolutionäre Ideen, formulierte ´Boheme-Gebote´, sich von den Konventionen zu befreien, von den einengenden Elternhäusern, den einengenden Ehen… Zu diesem Kreis, der für Munch sehr prägend war, gehörte auch die Malerin Oda Krohg, Ehefrau von Christian Krohg, in die er sehr verliebt war.

Die erste Radierung zeigt entspannt plaudernde und zuhörende Männer, am linken Bildrand ist möglicherweise Munch selbst dargestellt. Die zweite jedoch zeigt eine frostige Atmosphäre. Im Hintergrund des Bildes steht Oda, die wohl fast allen am Tisch sitzenden Männern mehr oder weniger das Herz gebrochen hatte: Jörgen Engelhart, ihr erster Mann, ihre Liebhaber Gunnar Heiberg und Hans Jäger, dieser in anbetender Haltung vor ihr kniend, Jappe Nilssen – eine Sommerliebe – und ihr Mann Christian Krohg. Als einziger anscheinend Unbeteiligter Munch in dem Bild, dessen Gesicht zu einer Maske der Trauer erstarrt zu sein scheint, fast wie mit einer Totenmaske gezeichnet." „Warum diese Wandlung in den beiden Darstellungen?", unterbrach Johannes. „Munch sah wahrscheinlich Oda als ´femme fatale´, die die Männer in ihren Bann zieht, sie dann in Verzweiflung stürzt. Vielleicht ein Sinnbild für Munchs Auffassung vom Kampf der Geschlechter, der seiner Meinung nach kaum glücklich ausgehen kann."

Für Johannes wurde glücklicherweise gerade jetzt das Essen gebracht. So viele Detailinformationen, so viel Wissen, so viele Liebhaber. Da hatte er doch mit Geschke recht normal gelebt.

„Sag mal, Henrike, könnte man Frauen wie Oda Krohg dann als erste Feministinnen bezeichnen? Und den Boheme-Kreis vergleichen mit lebensreformerischen Bewegungen in Deutschland zu der Zeit?" Es ergab sich ein angeregtes Gespräch, das fehlte ihm in den letzten Jahren zuhause. Und ihm, der bei Munch häufig nur erstaunt zuhören konnte, gelang es sogar, Henrike zu überraschen, als er vom ʻMonte Veritáʼ erzählte. Er hatte mal in einem ZEIT-Geschichte-Heft über die Aussteigersiedlung in einem ehemaligen Sanatorium auf diesem Berg am Lago Maggiore gelesen. Sonnenbäder und Gartenarbeit im ʻAdamskostümʼ, Rohkostnahrung, Zivilisationsabkehr, jedoch auch Konzerte und Vortragsabende über Körperkultur, Frauenemanzipation oder Kleidungsreform. „Sogar Hermann Hesse logierte als fast dreißigjähriger mehrere Wochen dort, um etwas gegen seine depressiven Verstimmungen und seinen übermäßigen Alkoholkonsum zu unternehmen – wobei wir wieder bei Munch angekommen wären" – endete er.

Henrike jedoch beharrte darauf, dass die Zivilisationsabkehr und die alternative Lebensweise deutliche Unterschiede zur Boheme darstellten. „Schon, schon, ja", entgegnete Johannes, „aber der Monte Verità wurde auch mit Beginn des ersten Weltkriegs bis in die dreißiger Jahre zum Fluchtpunkt von Pazifisten und Emigranten. Hermann Hesse ließ sich dauerhaft im Tessin nieder, in und um Ascona machten sogar Ernst Bloch, Bertolt Brecht und Tucholsky halt."

Als sie am Abend auseinandergingen, war eine gewisse Nähe entstanden, sie wagten eine unsichere Umarmung am Ausgang, bevor sie sich trennten. Es blieb unklar, ob sie sich noch einmal begegnen würden.

Während Johannes sonst immer im Autoradio ´NDR Info´ oder ´Deutschland Kultur Radio´ hörte, um über aktuelle Entwicklungen informiert zu sein, genoss er bei der Rückfahrt nach Verden Rock und Pop auf ´NDR Zwei`. Die Zeit war recht schnell vergangen, das bemerkte er eigentlich erst, als er in Verden vor seiner Haustür stand. Kein Stau und auch keine melancholischen Gedanken.

Als er die ungebrauchte Kleidung aus dem Koffer in den Schrank einsortierte, tauchte plötzlich vor ihm die Situation vor ziemlich genau drei Jahren auf. Geschkes T-Shirts und Unterwäsche hatte er tagelang auf dem Wäscheständer hängen lassen. Er war nicht in der Lage gewesen, sie abzunehmen und in den Schrank zu legen. Schon beim Anblick stiegen ihm damals sofort die Tränen auf. Irgendwann hatte er sich einen Ruck gegeben. Und hatte beim Einsortieren im Schrank den an ihn gerichteten Abschiedsbrief von Geschke gefunden. Der Brief war nur sehr kurz gehalten, enthielt keine Erklärungen, lediglich die Aufforderung, bald wieder glücklich weiterzuleben, sich keine Schuld zu geben. Sie habe einfach nicht mehr gekonnt. Das hatte ihm wenig geholfen, ihn völlig ratlos zurückgelassen. „Glücklich weiterleben?", hatte er kopfschüttelnd vor sich hin geflüstert.

Als er nach dem Auspacken des Koffers mit einem Glas Rotwein am Küchentisch saß, blickte er in die Abendsonne und erinnerte sich an die gerade erlebten Tage, die Bilder der Sonne auf der Meeresoberfläche, die Bilder von der Steilküste, dem Strand. Und an Henrike, ihre Hände, ihr Lächeln, ihr begeistertes Erzählen.

Johannes Gedanken wanderten zu Munch und dessen Lebenslauf weiter. Durch das Lesen der Biografie hatte Johannes eine vage Vorstellung davon bekommen, in welch hohem Maße manche von Munchs Bildern von seinen schwierigen Beziehungen zu Frauen geprägt waren. Im hohen Alter hatte Munch immer wieder noch sehr junge Frauen als Modelle, körperliche Berührungen untersagte er sich jedoch, träumte allenfalls in gelegentlichen Tagträumen davon. Die jungen Frauen, die ihm Modell standen, erinnerten ihn an frühe Lebensabschnitte. Seine komplizierten Beziehungen zu Tulla Larsen und Milly Thaulow, später Milly Berg, hatte er nie bewältigt.

Johannes fielen dazu auch die Bilder ´Marats Tod` sowie ´Vampir` ein. Marat, ein französischer Revolutionär, wurde im Sommer 1793 von der 25 Jahre alten Charlotte Corday mit einem Messer in der Badewanne erstochen. Munch malte eine Frau mit rotem Haar –

nackt stehend in der Mitte - Tulla als Mörderin, ihr Schatten dämonenhaft an der Wand, eine Obstschale auf dem Tisch angedeutet, der Mann – Marat, nein Munch – liegt blutend und vernichtet auf dem Bett. Sein Arm ausgestreckt, seine Hand will sie dennoch berühren, die Diagonale des hingestreckten Männerkörpers zu ihr hin gerichtet, hingerichtet. ´Vampir`, wieder eine rothaarige Frau, der Mann liegt in ergebener Haltung in ihren Armen, umschlossen von ihren langen Haaren, sie so zu ihm geneigt, dass ein Betrachter sofort an ein vampirartiges Aussaugen an seinem Hals denken muss. Munch hatte seine Bilder einmal sogar als ´seine Kinder´ bezeichnet, konnte somit anscheinend nur in der Malerei seine Gefühle wirklich verarbeiten.

Einen solchen Ausweg sah Johannes für sich nicht. Er musste und wollte sich dem Leben wieder zuwenden. Er teilte auch keinesfalls Munchs generelle Verzweiflung der Liebe gegenüber, die er in Tanja Langers Biografie entdeckt zu haben meinte: *„Er legt die Hand auf die Schulter der Frau, die er liebt. Er berührt den Stoff ihres roten Kleides und ihre seidige Haut am Schlüsselbein. Er küsst die Mulde des Schlüsselbeins. Aufspringen. Sich ineinander verkeilen... Verlangen, Küsse, Wut. Die Liebe macht die Menschen sanft, sagt Tulla. Was redest du da, murmelt er. Wer soll das gesagt haben?"*

Nein, ihm stand nicht der Weg offen, den Munch gewählt hatte – die Flucht in die Malerei, die absolute Konzentration darauf. Johannes holte mit einem Seufzer den schönen Füller aus dem Holzkästchen, ein Geschenk von Geschke zu seinem Geburtstag vor vier Jahren. Er hatte ihn seit drei Jahren nicht mehr angerührt, nun wagte er es und schrieb:

„Liebe Henrike,
die wenigen Begegnungen mit dir haben mir gut getan. Ich habe wenig von mir erzählt, so dass du vermutlich nicht ahnen kannst, was mir unsere Gespräche und deine Gegenwart bedeutet haben. Nun sitze ich hier und denke an dich. Kannst du dir vorstellen, dass wir uns näher kennenlernen?
                    Mit lieben Grüßen, Johannes."

Mehr wagte er nicht, steckte den kurzen Brief noch am Abend bei einem kleinen Spaziergang in sommerlicher Luft in den Briefkasten. Als Adresse hatte er das Munch-Haus gewählt, „zu Händen Henrike Sörensen".

Schon am übernächsten Abend klingelte sein Telefon.

„Heute habe ich die „Fantaisie" beendet,
und der Himmel ist schön,
mir ist nur traurig zumute,
aber das macht nichts.
Wenn es anders wäre,
würde meine Existenz vielleicht niemandem einen
Nutzen bringen."

Chopin an Julian Fontana
in einem Brief vom 20. Oktober 1841
(aus Eva Gesine Baur „Chopin oder die Sehnsucht.
Eine Biographie", Verlag C.H.Beck, München 2009)

Die Psychologin

Sonntag, 3. Juni 2012, Spiekeroog

Helge stand in der langen Schlange, die sich vor der `Spiekeroog 2´ am Anleger gebildet hatte. Das Fahrkartenkaufen zuvor war schon kein Vergnügen gewesen. Bei dem schönen Wetter hatten sich viele Tagestouristen einen Ausflug zu der grünen Insel überlegt, zumal die tideabhängigen Fährzeiten heute einen langen Aufenthalt auf der Insel ermöglichten. Aber Helge hatte der Situation entgehen wollen, mit Ulrike und den beiden Kindern auf die Verdener Domweih gehen zu müssen. Bei diesem Volksfest war traditionell der Sonntag der Familientag, seit der Scheidung im letzten Jahr empfand er das jedoch nicht mehr so passend. Nur Ulrike und vermutlich auch die Kinder wollten daran immer noch festhalten.

An Deck besserte sich seine Laune sofort. Der leichte Wind mit dem typischen Meeresgeruch, der strahlend blaue Himmel mit vereinzelten Schäfchenwolken, der weite Blick, auch den alten Turm der Jugendherberge auf Wangerooge sowie Konturen von Langeoog konnte er ausmachen. Das hatte er schon immer geliebt, wenn er hier oben an der Küste war. Spiekeroog war allerdings Neuland für ihn. Er verließ als einer der letzten die Fähre und musste schmunzeln. Der lange Zug von Menschen in den Ort erinnerte ihn an die politischen Demonstrationen, an denen er früher häufig teilgenommen hatte. Nur Parolen und Transparente fehlten, Bollerwagen statt Fahnen.

Im Ortskern kleine Gassen, auf denen nicht einmal Fahrradverkehr erwünscht war, geduckte Reetdach-Häuschen neben Neubauten, die durchaus der Umgebung angepasst waren. Der Eingang zu einem Hotel war durch eine große gewundene Linde fast blockiert, sie schlängelte sich um die Tür. Eine Insel, in die man sich spontan verlieben konnte. Helge wollte zum Strand. Er orientierte sich an einem ausgehängten Plan und entschied sich, in Richtung Osten zu laufen. Die ´Hermann Lietz-Schule` schien ein interessantes Ziel. Vorbei am Kinderspielhaus `Trockendock´ führte ihn der schmale grau gepflasterte Weg direkt zum Meer. Es tat sich ein beeindruckender Ausblick auf. Das Meer lag durch die Ebbe weit zurück, er sah einige Spaziergänger wie kleine Spielzeugfiguren direkt an der Wasserkante und beinahe endlos weit erstreckte sich der weiße Sand am Strand, Richtung Osten eine massige Ansammlung an Strandkörben. Es wurde Fußball und Volleyball gespielt, nackte Oberkörper und bunte T-Shirts prägten das Bild.

Gut eine Stunde wanderte Helge Richtung Osten, bückte sich nach einer Muschel, atmete gelegentlich tief durch, schaute in die Weite, lauschte dem Meeresrauschen. Einige Schritte an der Wasserkante machte er mit geschlossenen Augen, um das Brechen der Wellen und das Auslaufen am Meeressaum intensiver hören zu können. Hinter Sanddornhecken versteckt lag das Internat, die ´Hermann Lietz-Schule`.

Seine Beine waren müde. Ein Stück Kuchen und ein Milchkaffee im offensichtlich neuen ´Nationalpark-Haus Wittbülten`, das würde ihm sicherlich gut tun. Helge las auf einer Infotafel, dass dieses Umweltbildungszentrum von der ´Hermann Lietz-Schule` betrieben wurde, verspürte aber gerade keine Lust auf eine nähere Besichtigung. Zwei Gäste am Tisch neben ihm unterhielten sich recht laut: „Als ich 1962 hier Schüler war, sah es noch ganz anders aus, das kannst du mir glauben", sagte der Mann zur viel jüngeren Frau an seiner Seite, seine Tochter? „ Eine viel kleinere Sporthalle, weniger Wohngebäude...", fuhr er fort, „man muss wirklich anerkennen, welche Entwicklung das Internat unter Henke genommen hat, der Mann hat hier viel zum Positiven verändert. Der ist nun im Ruhestand, mal sehen, ob der Neue genauso kreative Ideen hat."

Es hatte offensichtlich kürzlich einen Wechsel in der Schulleitung gegeben. Helge nahm sich vor, zu Hause im Internet mehr über die Schule zu recherchieren. Dann war es Zeit, sich auf den Rückweg ins Dorf zu machen, schließlich wollte er sich noch ein wenig dort umsehen. Im Dorf angekommen, reihte er sich in die lange Schlange vor einer Eisdiele ein, das Eis musste wohl gut sein. Schon etwas müde guckte Helge auf die Uhr, er sollte sich beeilen, um die letzte Fähre zu erreichen.

Auf dem Weg fiel sie ihm gleich auf: Hellblonde Haare, energischer Gang, er selbst war nur wenig schneller. Sie musste ihn bemerkt haben, denn sie blickte sich etwas irritiert um. „Entschuldigung, ich wollte Sie nicht erschrecken. Doch ich will nicht hier übernachten müssen, daher bin ich so flott unterwegs." Ein leichtes Lächeln huschte über ihr Gesicht, ließ die irritierten Gesichtszüge weich werden. „Keine Angst, ich will auch zur Fähre und kann die Abläufe hier gut einschätzen. Sie können mir also getrost Gesellschaft leisten auf den letzten Metern." Sie erzählte Helge, dass sie als Psychologin in der Schulzeit einmal pro Woche, fast immer montags, aus Bremen zum Internat käme, um Schüler und Schülerinnen mit besonderen Problemen zu beraten. Heute hatte sie allerdings schon den Sonntag genommen, über die Gründe dafür schwieg sie sich aus. Es lag nahe, auf dem Schiffsdeck nebeneinander in der Abendsonne zu sitzen. Helge entdeckte in dem kleinen Hafenbecken ein Schnellboot – die ´Zicke` – und das Schriftbild erinnerte ihn an etwas, dieselbe Art wie beim ´Künstlerhaus Spiekeroog`, das er am Ortsrand leer stehend entdeckt hatte. „Sie kennen sich ja hier etwas aus, wissen Sie, warum das Künstlerhaus leer steht?" wandte Helge sich wieder der Psychologin zu und erfuhr nun von einem wahren Wirtschafts- und Inselkrimi.

Nils Stolberg, Reeder und absolut erfolgreicher Unternehmer aus Bremen, hatte die verdienten Millionen aus der in den vergangenen Jahren boomenden Schifffahrtsbranche unter anderem auf Spiekeroog investiert, Häuser aufgekauft, geschmackvoll saniert, ein großes Hotel im Ortskern neu gebaut und auch das ´Künstlerhaus´ errichtet. Darin würden verschiedene Kurse stattfinden: „Malerei, Fotografie, Grafik, Musik, Literatur, Yoga" begann sie zu schwärmen. Auch Konzerte bekannter Künstler gäbe es dort, sie habe im letzten Jahr Rebekka Bakken live dort erlebt, das sei einfach klasse gewesen. Rebekka Bakken habe sogar beim Signieren einer CD nach ihrem Namen gefragt und „Antje" auf das Cover geschrieben.

Helges Aufmerksamkeit wurde gefesselt, er hatte im letzten Jahr für sich die Zeitschrift ´Jazzthing` entdeckt, verfolgte mit Begeisterung die neuesten Trends im Jazz. Und kaufte sich eigentlich zu viele CDs. Antje hieß sie also.

Nun stünde das Künstlerhaus leider leer, Stolberg habe eine Pleite erster Klasse hingelegt. Zunächst hätte er zur vermeintlichen Rettung noch die Beteiligung eines weltweit operierenden US-Fonds akzeptiert, aber dann hätte sich eine enorme Überschuldung erwiesen und nun würde sogar die Staatsanwaltschaft gegen ihn wegen Wirtschaftsbetrugs ermitteln. Auf der Insel hätte sich bei vielen Einheimischen eine gewisse Häme breit gemacht, denn den meisten wären Tempo und Ausmaß der Veränderungen durch Stolbergs Investitionen zu weit gegangen.

Unmittelbar nach dem raschen Abschied im kleinen Hafen von Neuharlingersiel ärgerte sich Helge, er hatte sich nicht getraut, nach ihrer Handynummer oder wenigstens nach ihrem vollständigen Namen zu fragen. Und er dachte dabei nicht nur an die gemeinsame Begeisterung für den Jazz. Im Auto legte er die neue CD von Mark Wyand ´I´m Old Fashioned` ein. Das Foto auf dem Cover hatte ihn im Laden angesprochen, Wyand mit seinem mattgoldenen Tenorsaxofon am Strand, St. Peter-Ording vermutlich. Helge hörte diese CD momentan häufig, liebte den sanften, beinahe entrückten Klang des Saxofons und die Stimme von Ofri Brin. Durch die ´Jazzthing` hatte er erfahren, dass Mark Wyand die junge, in Berlin lebende Israelin aufgrund des Tipps einer befreundeten Musikmanagerin nach nur einem Konzertbesuch in Berlin direkt angesprochen und engagiert hatte. „Welch ein Glücksfall", sinnierte Helge leise vor sich hin.

Bevor er sich in weiteren Gedanken verlieren konnte, erinnerte ihn das Prasseln des einsetzenden Regens, sich mehr auf das Fahren zu konzentrieren. Die Psychologin – Antje – ging ihm dennoch nicht aus dem Kopf. Wie konnte er Namen und Adresse herausfinden? Sollte er unter einem Vorwand im Internat anrufen? Vielleicht würden auch die ´Gelben Seiten` weiterhelfen?

November 1982, Heppenheim (Bergstraße),
Odenwald-Schule

Den gesamten Tag über hatte der Nebel das Internat fest umklammert und nun wurde es dunkel. Ulrich spürte wieder das fürchterliche Grummeln im Bauch. Würde der Schulleiter heute wieder spät abends auf sein Zimmer kommen? Würde er sich wieder angeblich um seine `Lernfortschritte´ kümmern wollen? Und dabei auf seiner Bettkante sitzen, mit der Hand über die Decke streichen, ihn auch auf seine Pubertät ansprechen. Das ging nun schon einige Wochen so. Er kam nicht an jedem Abend, nur an den Wochenenden, an denen sein Mitbewohner zu den Eltern fuhr. Zweimal hatte er schon unter die Bettdecke gefasst, sein Glied berührt, gefragt, ob damit alles in Ordnung sei. Auch um so etwas müssten sich ja die Lehrer im Internat kümmern.

Montag, 4. Juni 2012, Verden

Der Wecker klingelte wie gewohnt um 6.15 Uhr. Helge füllte drei gehäufte Löffel der im Bioladen entdeckten `fair trade´ Kaffeesorte in den Filter, stellte die Maschine an, holte Butter und Käse aus dem Kühlschrank, die Zeitung aus dem Briefkasten, die routinemäßigen Abläufe zum Tagesanfang. Nach dem raschen Frühstück holte er wie jeden Morgen sein Fahrrad aus dem Schuppen. Er war nun schon seit mehr als 15 Jahren Lehrer am Domgymnasium. Zu Beginn hatte er sich mit dem dort praktizierten autoritären Führungsstil überhaupt nicht anfreunden können. Doch etliche nette Kollegen und Kolleginnen hatten ihn gestützt. Und nachdem er Ulrike in Verden kennengelernt hatte, stand für ihn die Frage einer Versetzung an einen anderen Ort auch nicht mehr zur Debatte. Nun gab es seit einigen Jahren auch einen neuen Schulleiter, den er viel erträglicher fand. In Gedanken versunken stand er vor der Schule, wurde von seinem Kollegen Maier am Fahrradstand begrüßt: „Moin, freust du dich auch so auf die Gesamtkonferenz heute Nachmittag? Bei dem Wetter sollte man die Sonne genießen und draußen sein. Ich würde mich viel lieber aufs Rennrad setzen!" Helge liebte die Konferenzen auch nicht so sehr. Die sich gelegentlich im Kreis drehenden Wiederholungen oder Selbstdarstellungen mancher Kollegen nervten ihn. Abends würde er in den ´Gelben Seiten` suchen.

Zu seiner Überraschung fand er tatsächlich in Bremen eine Psychologin mit dem Vornamen Antje. Sollte er dort anrufen? Er verschaffte sich etwas Zeitaufschub, googelte erst einmal nach der ´Hermann Lietz-Schule`, legte als Hintergrundmusik die neue CD von Michael Wollny ein, ´wasted and wanted`. Wollny hatte er vor wenigen Wochen in der ´Glocke` in Bremen am Flügel erlebt, das Konzert hatte ihn absolut begeistert. Wollny, obwohl noch recht jung, hatte sich in der Jazz-Szene schon einen famosen Ruf erarbeitet. Nils Landgren hatte dann am Ende des Konzerts seine Posaune in Einzelteile zerlegt und diese einzeln gespielt. Ebenfalls famos.

Die Homepage des Internats war übersichtlich aufgebaut. „Das Leben auf der HL-Schule ist facettenreich und inspirierend. Mit Engagement und Fantasie gestalten die Schüler und ihre Erzieher einen Alltag, der auf Kooperation, vielfältiges Miteinander, Austausch und Respekt angewiesen ist…. Leben und Lernen gehen auf ´Lietz` eine Allianz ein." Helge wurde rasch neugierig, war beeindruckt von den so vollkommen anderen Bedingungen als an seiner doch sehr großen Schule. Kleine Lerngruppen, mitunter weniger als zehn Schüler pro Jahrgang, ein geordneter Ganztagsbetrieb mit klar strukturierten Zeiten. Die Lehrer wohnten mit einigen Schülern jeweils als „Familie" auf einem Flur. Auch die Arbeit in den Gilden schien ihm geeignet, das Verantwortungsgefühl zu stärken. Hier mussten die Schüler etwa drei Stunden pro Woche in einer auf Wirtschaftlichkeit ausgerichteten Gruppe arbeiten, zum Beispiel in den Bereichen Bootsbau, Deichbau, Garten oder Tierhaltung. Noch verblüffter war Helge, als er entdeckte, dass Christina Rau, die Witwe des früheren Bundespräsidenten, als Kuratoriumsvorsitzende ein längeres Grußwort verfasst hatte.

November 1982, Heppenheim, Odenwald-Schule
Ulrich traute sich einfach nicht, er konnte seinen Eltern nicht von den eigenartigen Begegnungen mit dem Schulleiter erzählen. Was hätte er denn sagen sollen? „Er fasst unter meine Bettdecke und…" Schon bei diesem Gedanken merkte er, dass er rot anlief, es ging nicht, er konnte nicht darüber sprechen.

So beendete er heute das samstägliche Telefongespräch mit seinen Eltern rasch. Ein Gedanke kurz nach dem Auflegen: Hatte sein Zimmerkumpel und Bettnachbar ähnliche Erfahrungen machen müssen, wenn er mal alleine war? Sollte er ihn fragen? An diesem Wochenende war der allerdings zu seinen Eltern gefahren. Das tat er regelmäßig alle zwei Wochen, während Ulrich höchstens einmal im Monat dieses Privileg hatte. Seine Eltern hatten nicht so viel Geld und sahen so häufige Besuche auch als überflüssig an. Er hätte im Internat doch alles, was er brauchte, wäre bestens aufgehoben, das hörte er häufig bei den Besuchen zuhause und auch bei den Telefongesprächen.

Nun hörte er wieder die leisen Schritte auf dem Flur. Was würde diesmal geschehen? Die Tür ging langsam auf, mit strahlendem Gesicht näherte sich der Schulleiter. „Na Ulrich, wie geht es dir? Alles in Ordnung? Gut gelernt heute?" Mit diesen Worten setzte er sich auf die Bettkante. Doch bald nahm er anders als sonst sogar seine Füße hoch, legte sich neben Ulrich, der sich kein bisschen mehr rührte, stocksteif liegenblieb. Der Schulleiter legte seinen rechten Arm auf Ulrichs Schulter, umfasste ihn, sagte kein Wort mehr, atemlose Stille, dann ein leichtes Hecheln, sein rechtes Bein umklammerte plötzlich Ulrichs Unterschenkel, so schob er sich näher an Ulrich heran. Ulrich spürte das fremde harte Glied an seinem Becken. Und die aufkommende Übelkeit.

Mittwoch, 6. Juni 2012, Bremen, Verden
Antje griff zum Telefonhörer, das Display zeigte eine unbekannte Nummer. „Antje Blattner", meldete sie

sich. Sie hatte sich angewöhnt, nicht auf ihre Praxis hinzuweisen, die Anrufer hatten das doch ohnehin im Blick. „Hier ist Helge Nowak aus Verden. Guten Tag. Sie werden mit meinem Namen nichts verbinden, aber möglicherweise erinnern Sie sich an ein kurzes Gespräch mit mir am letzten Sonntag auf der Fähre von Spiekeroog zum Festland."

Helge war erleichtert, er hatte gleich beim ersten Versuch die Richtige erwischt. Und sie reagierte nicht ablehnend oder zurückweisend. Es ergab sich ein nettes Gespräch, am Ende nahm Helge all seinen Mut zusammen: „Hätten Sie Lust, am nächsten Samstag mit mir im ´Ambiente` einen Kaffee zu trinken? Ich wollte mir vormittags im ´Runners Point` in der Sögestraße neue Joggingschuhe holen und wäre dann ohnehin in Bremen" Helge drückte unbewusst den Hörer fester ans Ohr. „Warum nicht? Sagen wir gegen 15 Uhr?", ihre spontane Antwort.

Samstag, 9. Juni 2012, Bremen

Das Café ´Ambiente` am Osterdeich mit seiner ungewöhnlichen Rundlings-Form schien Helge gut geeignet für ein erstes Treffen, hoffentlich würde es nicht das Einzige bleiben. Er war aufgeregt, ging jedoch zielstrebig auf das Café zu. Im Hintergrund das riesige neue Stadion, futuristisch wirkend mit den vielen spiegelnden Solarzellen, aber immer noch das ´Weserstadion`, noch nicht durch Sponsorengelder zu neuem Namen verdammt. Er fand einen Platz am Fenster mit Blick auf die Weser und hatte nur wenige

Minuten gesessen, als sie sich dem Tisch näherte. „Ah ja, ich erkenne Sie wieder, einen schönen ´Guten Tag`.“

Beide wählten einen Latte Macchiato aus, keinen Kuchen dazu. Helge versuchte seine Unsicherheit zu überspielen. „Müssen Sie übermorgen schon wieder nach Spiekeroog?“ diese Frage hatte er sich vorhin für den Einstieg zurechtgelegt. Sie bejahte das, griff das Thema dankbar auf.

So erfuhr Helge, dass sie seit zwei Jahren bereits diese Betreuung neben ihrer freiberuflichen Tätigkeit in der Praxis in der Lübecker Straße ganz in der Nähe ausübte. Die Probleme auf Spiekeroog seien sehr breit gestreut, von jungen Drogenkonsumenten, die von überforderten reichen Eltern gerne auf ein abgelegenes Inselinternat gebracht wurden bis hin zu magersüchtigen Mädchen. Helge reagierte verwirrt und konnte das nicht vernünftig zu den vor einigen Tagen von ihm gegoogelten Informationen in Verbindung bringen. Da hatte er sich doch eine heilere Welt vorgestellt. Als er das ansprach, machte sie deutlich, dass es sich um wenige Einzelfälle handelte. „Allerdings ist die Schülerschaft überhaupt nicht homogen. Ein Teil stammt von der Insel, die Kinder müssten sonst zum staatlichen Internat nach Esens aufs Festland, so können sie zuhause wohnen bleiben. Ein anderer Teil stammt aus reichen Familien, in denen für die Kindererziehung aus beruflichen oder sonstigen Gründen kaum Zeit ist. Und einige sind vom Sozialamt vermittelte Fälle. So kann eine Heimunterbringung vermieden werden, das Internat ist die bessere Alternative. Umso bemerkenswerter, dass beim Zentralabitur in der Regel gute Ergebnisse erzielt werden", schloss sie für Helge überraschend. Nach etwa anderthalb Stunden verebbte das Gespräch allmählich. Doch beim Abschied tauschten sie Handynummern und Emailadressen aus.

18. Dezember 1982, Frankfurt am Main

„Ach Junge, was siehst du blass aus? Macht ihr nicht genug Sport oder gibt es nicht genug zu essen?" So hatte ihn die Mutter gestern am Bahnhof begrüßt und dann in die Arme genommen. Sie hatte nicht einmal gemerkt, wie sehr er sich dabei entzog, stocksteif wurde. Er konnte momentan Körperberührungen nicht ausstehen, außerdem war ihm ständig übel. Von der Übelkeit hatte er erzählen können, erzählen müssen, weil er kaum etwas beim Abendbrot hintergebracht hatte. „Wir gehen gleich Montag zum Arzt, sonst ist dir das Weihnachtsfest noch verübelt", hatte die Mutter gesagt und dabei versucht, seine Wange zu tätscheln.

Der Arzt war recht jung, reagierte beinahe euphorisch, als er erfuhr, dass Ulrich Schüler an der ´Odenwaldschule` sei. „Oh, das ist beneidenswert. Ihr habt da so viele engagierte Lehrer. Die trauen sich, alternative Pädagogik umzusetzen, erzähl mal." Auch hier erzählte er nichts. Er bekam Tabletten verschrieben, die seinen nervösen Magen wieder beruhigen sollten.

Sonntag, 10. Juni 2012, Verden

Helge hatte überlegt, ob er Antje eine Mail schreiben sollte. Er wusste um seine Schwäche, er war zu ungeduldig. Und wollte ja auch nicht aufdringlich wirken. Bei der ´Tagesschau` konnte er sich kaum auf den Wetterbericht konzentrieren, nein, er musste ihr doch schreiben. Zunächst aber eine geeignete Musik. Er nahm die im Player liegende CD raus und legte die beruhigende Klaviermusik von Ludovico Einaudi ein. „*Hi Antje*", wählte er trotz leichter Zweifel eine lockere Anrede, „*unser gestriges Gespräch im ´Ambiente` hat bei mir einen schönen Nachklang hinterlassen. Ich mochte es sehr, wie du von deiner Arbeit erzählt hast. Und gerade deine Infos über das Internat auf Spiekeroog waren – nein – sind für mich interessant. Es konfrontiert mich als Lehrer an einem normalen Gymnasium mit völlig anderen Lernformen und Abläufen. Ich frage mich, ob da einiges übertragbar wäre, zumindest könnte man im Angebot der Arbeitsgemeinschaften Ideen der Gilden aufgreifen.*" Helge bemerkte, dass er zu sehr in einen dozierenden Stil verfiel. „*Aber auch dein Lächeln, deine blauen Augen und deine Gesten mochte ich…*". Noch einige Sätze, dann klickte er rasch auf ´Senden`, bevor er weiter zögern oder hätte nachdenken können. Zu seiner Überraschung erhielt er schon nach etwa einer halben Stunde eine Antwort: „*Hallo Helge, vielen Dank für deine Mail. Aber sollte manches, wenn es sich denn entwickeln will, nicht Raum haben, Luft zum Atmen? Überfall mich bitte nicht in dieser Weise, auch wenn ich dir eingestehen kann, dass ich unser Gespräch – und auch dich –*

ebenfalls sympathisch fand. Ich melde mich wieder bei dir. Gruß, Antje."

Sonntag, 17. Juni 2012

Helge hatte jeden Abend, manchmal sogar schon mittags nach der Schule, seine Mails abgerufen. Er war sich zwar sicher, dass Antje nicht so bald schreiben würde, doch stellte sich jedes Mal das Gefühl einer Enttäuschung ein. Umso mehr staunte er, als er nun an diesem Abend eine Mail von ihr erhielt. *„Hallo Helge, ich dachte, länger zu brauchen. Aber schon am Montagabend, als ich beim Rückweg wieder auf der Fähre saß, gelang es mir nicht, die Gesprächseindrücke mit den Schülern zu reflektieren, was ich sonst gerne mache. Der Arbeitstag an der ´Lietz` war anstrengend und doch drifteten meine Gedanken schnell zu unserer gemeinsamen Rückfahrt vor zwei Wochen und dem Treffen in Bremen. Ich möchte dich bald wiedersehen. Geht es dir ähnlich? Bei mir würde es schon am nächsten Samstag passen. Wir könnten an der Weser einen längeren Spaziergang machen, vielleicht über das Wehr zum Werdersee raus? Gruß, Antje."*

Samstag, 23. Juni 2012

Treffpunkt war wieder das ´Ambiente`, doch diesmal vor dem Eingang. Helge hatte großes Glück und einen Parkplatz am Osterdeich gefunden. Und wieder faszinierte ihn das ´Weserstadion`. „Na, was guckst du so zum Stadion – etwa Fußballfan?", hörte er Antjes Stimme in seinem Rücken. Helge musste zugeben, dass er seit dem überraschenden Gewinn der deutschen Meisterschaft im Jahr 2004 wieder zum begeisterten Werder-Fan geworden war. „Ich gucke zwar längst nicht jedes Spiel, aber manchmal gehe ich sogar in Verden ins Kino und schaue mir die Direktübertragung an. In letzter Zeit allerdings wieder weniger, die spielen gerade nicht mehr so gut". An Antjes Reaktion konnte er ablesen, dass Fußball sie überhaupt nicht interessierte. „Lass uns mal losgehen, am Stadion können wir in eine Kleingartensiedlung abbiegen und der Weg führt immer an der Weser längs."

Auf diesem Spaziergang gaben sie viel von sich preis. Sie lebte in einer Beziehung, die stark kriselte, hatte schon mehrfach an Auszug gedacht, schon lange hatten sie getrennte Betten und er erzählte von seiner Scheidung und den beiden Kindern. Als sie auf dem Rückweg über die ´Erdbeerbrücke` gingen, schlug Antje noch einen Kaffee oder ein Glas Wein im ´Ambiente` vor. Helge wäre am liebsten gleich mit zu ihr gegangen. Seine Ungeduld.

Montag, 25. Juni 2012

Nachdem Helge am Sonntag schon gut eine Stunde gejoggt war, um überhaupt zur Ruhe zu kommen, tigerte er heute den ganzen Abend in der Wohnung umher, holte sich ein Bier, sortierte Altpapier aus, räumte die Spülmaschine leer, schaute immer wieder zwischendurch auf den Bildschirm des PC. Hatte sie gemailt? Er hatte sogar überlegt, den CD-Player auszulassen, damit er das Piep-Signal beim Eingang von

Mails hören würde. Dabei hatten sie sich doch gerade erst vorgestern gesehen. Wenn sie allerdings von ihm so begeistert wäre wie er von ihr, müsste sie dann nicht schreiben? „Was hatte das Ausbleiben einer Mail zu bedeuten?" fragte er sich, dann aber auch, ob er sich nicht wie ein Teenager benehmen würde. In dieser Nacht schlief er schlecht und unruhig, wurde häufig wach und dachte sogar daran, noch einmal die Treppe herunterzugehen und das Mailprogramm aufzurufen, vielleicht hatte sie ja erst nach 23 Uhr geschrieben. Nein, er blieb liegen.

Dienstag, 26. Juni 2012

„E-Mail für DICH", setzte er als Betreff-Zeile und fuhr dann fort: „Hallo Antje, ja, ich schon wieder. Auch wenn es albern zu sein scheint, ich hoffte auf eine Mail von dir. Mein Haus ist groß und leer, ich fülle es häufig mit Musik, aber auch mit meinen Gedanken. Und die kreisen sehr viel um Dich. Ich denke an bestimmte Gesten von dir, sehe dich vor mir sitzen. Unsere Begegnung hat in mir den Wunsch geweckt, dich möglichst bald wiederzusehen. Viele Grüße, Helge."

Schon eine Viertelstunde später bekam er die Antwort. „Helge, Luft zum Atmen – du erinnerst dich? Wenngleich ich zugeben muss, dass ich mich danach ja selbst relativ schnell wieder bei dir gemeldet hatte. Nun fühle ich mich jedoch wirklich von dir bedrängt. Ich habe meine Praxis, viel Arbeit und du solltest in der Lage sein, dir vorzustellen, dass ich trotz aller Distanz gelegentlich abends Zeit mit Gert verbringe…" Sie hatte nach wenigen weiteren Zeilen die Mail mit „*Gruß Antje*" beendet, ohne überhaupt auf ein weiteres Treffen einzugehen. In dieser Nacht schlief er wieder sehr schlecht.

Donnerstag, 28. Juni 2012

Helge hatte es zum ersten Mal geschafft, den PC gleich nach der Tagesschau auszustellen. War beinahe stolz auf sich. Zu seiner Überraschung hatte sie ausgerechnet an dem Abend doch noch geschrieben: Ob er am nächsten Samstag Zeit hätte, sie hätte ursprünglich zu einer Tagung nach Berlin gemusst und nun sei die Hauptreferentin erkrankt. Sie hatte ihm ihre genaue Adresse geschrieben und ein Treffen in ihrer Wohnung vorgeschlagen. „*Ich könnte auch eine Kleinigkeit zu essen vorbereiten*", endete die Mail. Helge war verwirrt über diese erneute schnelle Wende, war jedoch glücklich darüber.

Wochenende ab 29. Juni 2012

Helge räusperte sich, drückte dann den Klingelknopf. Antje war schnell an der Tür und strahlte ihn an, legte ihren Arm auf seinen Ellenbogen und führte ihn in die Wohnung. Kerzenlicht auf dem bereits gedeckten Tisch. Der Freund oder der frühere Freund war offensichtlich nicht da. Heute hatte sie nichts von der Distanz, die er durch den Mailkontakt empfunden hatte. Nachdem sie lange am Tisch gesessen, viel erzählt, eine Flasche Rotwein zusammen ausgetrunken hatten, fragte sie, ob er über Nacht bleiben wolle.

„Welche Überraschung", schoss es ihm durch den Kopf. Er wollte.

Als er am nächsten Morgen wach wurde, schlief Antje noch. Die Bettdecke war ein Stück nach unten gerutscht, so dass er auf ihre Schultern und die nackte Halspartie blickte. Er hätte sie dort sofort wieder küssen mögen. Beim Frühstück fragte sie erstmals genauer nach seinen Kindern. „Maren ist elf, Gesche acht. Die beiden haben von klein auf erstaunlich viel miteinander gespielt und wenig gestritten. Ich erinnere ein Bild, da hatten wir unser Haus gerade neu gebaut und im Garten eine bunte Wildblumenwiese. Maren und Gesche versuchten, sich zwischen den hoch gewachsenen Blumen und Blüten zu verstecken, ihre Blondschopfe lugten aber heraus. Das fand ich sehr süß", schloss Helge.

Antje hatte ihn auf merkwürdige Art und Weise betrachtet. Er ließ sich das nicht anmerken, beschrieb rasch einige weitere Szenen, ein Kindergeburtstag, bei dem er im Garten Pferd sein und über von den Kindern erbaute Hindernisse springen musste, die Einschulung von Maren, bei der Gesche so eifersüchtig gewesen war.

Beim Abschied ließen sie den Termin für ein weiteres Treffen offen. Keiner hatte es angesprochen. Helge hatte zwar daran gedacht, wollte aber nicht schon wieder seiner Ungeduld zum Opfer fallen. Schließlich war es doch sehr schön gewesen.

Anfang Juli 2012

Helge hielt den Zeitraum von einer Woche für ange-
messen, nun dürfte er ihr doch wohl eine Mail schreiben. *„Liebe Antje, der Abend und die Nacht bei dir
waren wunderschön für mich. Ohne dich zu bedrän-
gen: Wann können wir uns mal wiedersehen? Am Wochenende muss ich mich um die Kinder kümmern, sie
sind normalerweise jedes zweite bei mir. Aber in der
Woche könnte ich durchaus mal für einen Abend nach
Bremen kommen. Bist du viel beschäftigt? Freue mich
auf eine Antwort von dir. Liebe Grüße, Helge."*

Auch dieses Mal kam die Antwort überraschend
schnell. Hatte sie auf eine Initiative von ihm gewartet?
„Hallo Helge, schon wieder ungeduldig?" Helge be-
fürchtete das Schlimmste, las aber erleichtert weiter.
Sie freue sich tatsächlich auf ein Treffen und schlage
den kommenden Mittwoch vor. Nun wolle sie allerdings ihn besuchen.

Das Treffen verlief für ihn enttäuschend. Sie hatten
sich gut verstanden, auch Haus und Einrichtung ge-
fielen ihr, doch gegen 22 Uhr wurde sie müde und
wollte los. Helge hatte sich vorgestellt, dass sie noch
Zeit für Zärtlichkeiten haben würden und konnte mit
diesem kühlen Aufbruch nur schwer umgehen.

Am Tag darauf musste Helge seine Enttäuschung los-
werden, schenkte sich ein Glas Rotwein ein und setzte
sich an den PC: *„Liebe Antje, es fällt mir nicht leicht, aber
ich muss es dir sagen: Gestern Abend war ich sehr enttäuscht. Wie konntest du einfach so aufbrechen? Ein Kuss*

an der Haustür - nichts weiter. Hast du nicht auch das Bedürfnis nach körperlicher Nähe? Es war doch so schön beim Mal zuvor. Oder hast du das anders empfunden?" Helge zwang sich, seine Gefühle nicht noch weiter zu offenbaren. Eigentlich, das wusste er, war es dafür zu früh. Dennoch, so sollte sie ihn nicht noch einmal stehen lassen.

Die Antwort kam kurz vor Mitternacht. Helge entdeckte sie erst am nächsten Tag. *„Oh, ungeduldiger Helge, du weißt doch, dass ich noch eine gute halbe Stunde fahren musste und es mitten in der Woche war. Erwartest du, dass wir bei jedem Treffen miteinander schlafen? Soll ich so für dich „funktionieren"? Dann müsste ich mir ja schon im Vorfeld überlegen, ob ich überhaupt kommen möchte. Wieso kannst du es nicht aushalten, einer Entwicklung Raum zu lassen, die einen vielfältigen Umgang miteinander ermöglicht. Von gar nicht sehen, nicht wissen, was der andere am Tag getan hat bis zum intensiven `Übereinander her fallen´. Alles zu seiner Zeit. Ich bitte dich, enge mich nicht ein, lass mir Freiräume. Wir hören bald wieder voneinander. Liebe Grüße, Antje."*

Montag, 16. Juli 2012, Spiekeroog
Der neue Schulleiter Florian Fock hatte Antje gebeten, ausnahmsweise an der letzten Kuratoriumssitzung vor den Sommerferien teilzunehmen. Es sollte noch einmal in aller Ausführlichkeit über die im vorigen Jahr in der Öffentlichkeit diskutierten Fälle sexuellen Missbrauchs beraten werden. Glücklicherweise hatte das

bundesweit keine der 'Hermann Lietz-Schulen' betroffen, aber doch einige andere Internate.

Zuvor stand allerdings ein anderer Punkt auf der Tagesordnung, den Antje ebenfalls spannend fand. Es ging um das Projekt „Videokonferenzen". 2.00.000 € hatte das Land Niedersachsen bereitgestellt, um das Internatsgymnasium in Esens sowie die sieben Inselschulen digital zu vernetzen. Das Konferenzsystem der Firma Polycom hatte sich bereits in der Wirtschaft bewährt und sollte nun im nächsten Schuljahr zum Einsatz kommen. So würde für alle Schüler eine zweite Fremdsprache angeboten werden können. Auch andere zeitlich begrenzte gemeinsame Projekte würden so möglich. Antje war generell offen für den Einsatz neuer Medien und dieses Projekt begeisterte sie förmlich.

Jetzt ging Florian Fock zum nächsten Tagesordnungspunkt über: Fälle von sexuellem Missbrauch in Internaten und Konsequenzen für die HL-Schule Spiekeroog. Antje erfuhr, dass immer noch die Sorge im Raum stand, ob die Schülerzahlen durch ein generell aufkommendes Misstrauen gegenüber Internaten sinken könnten. Letztlich war auch nicht mit absoluter Sicherheit auszuschließen, dass noch ein Einzelfall aus der Vergangenheit an einer 'Hermann Lietz-Schule' auftauchen würde. Und auch die Entwicklung eines Präventionskonzepts schien angeraten. Florian Fock hatte dazu eingangs Passagen aus einem Zeitungsartikel vorgelesen: 'Und die sexuellen Grenzüberschreitungen? Man muss befürchten, dass es sie auch früher schon gab. In den Landerziehungsheimen ging es um Charakterbildung in familienähnlicher Gemeinschaft. Da konnte eventuell auch der antike Eros wieder aufleben. Nach dem Motto: Baut Schule und Leben auf der Liebe auf, nicht auf der Gerechtigkeit des Intellekts´. „Dies scheint mir ein Zitat von Gustav Wyneken zu sein, Gründer und Leiter der ´Freien Schulgemeinschaft Wickersdorf` in Thüringen, auch er wurde wegen sexueller Verfehlungen 1919 vor Gericht gestellt und erhielt eine einjährige Gefängnisstrafe."

Die anschließende Diskussion wurde intensiv und mit großer Ernsthaftigkeit geführt. Die Nähe der Lehrer zu den Schülern wurde als unverzichtbarer Bestandteil der Internatspädagogik gesehen. „Daraus aber Schlussfolgerungen auf automatisch vorhandene Missbrauchsgefahr zu ziehen, das geht doch zu weit…", konnte sich ein jüngerer Kollege kaum noch beherrschen.

Auch das Machtkartell aus bekannten Politikern und Persönlichkeiten des öffentlichen Lebens, das offenbar bei den zahlreichen Fällen an der ´Odenwaldschule` für langes Verschweigen gesorgt hatte, wurde angesprochen. Ein Lehrer erklärte ausdrücklich sein Unverständnis über Hartmut von Hentig, den bekannten Bildungsforscher. Hentig lebte mit dem ehemaligen Schulleiter der Odenwaldschule, Gerold Becker, in homosexueller Beziehung zusammen und hatte sich in der Presse schützend vor ihn gestellt, zumindest gelang ihm in keiner Weise eine Distanzierung oder

Verurteilung. In der Lehrerrunde wurde sogar spekuliert, ob Beckers gute Bekanntschaft mit Marion Gräfin von Dönhoff, der ´ZEIT`-Herausgeberin für ein Unterbleiben der Berichterstattung gesorgt haben könnte. Eine Lehrerin merkte an, dass auch Richard von Weizsäckers Kinder mal zur Odenwaldschule gegangen waren. „Das sind doch konstruierte Vermutungen ohne jeden Beweis", ereiferte sich ein älterer Kollege.

An dieser Stelle ergriff einer der neuen Lehrervertreter im Kuratorium, Ulrich Hacke, das Wort. „Richard von Weizsäcker habe ich damals selbst gesehen, wie er einmal zum 75-jährigen Jubiläum der ´Odenwaldschule` gemeinsam mit von Hentig und Becker über das Schulgelände ging. Ich war damals 16 Jahre alt…" Einen Moment in Gedanken versunken, setzte er dann fort: „Wir bräuchten auch an dieser Schule weitreichende Präventionsmaßnahmen, zusätzlich eine anonym durchzuführende Befragung aller jetzigen Schüler und Schülerinnen. Wer sagt denn, dass hier…"- er begann zu stammeln- „… nichts passiert ist oder passieren kann?" Plötzlich brach er in Tränen aus und rannte aus dem Raum.

Antje ergriff als erste die Initiative. „Bitte beraten Sie weiter, ich kümmere mich um Herrn Hacke." Sie entdeckte Ulrich Hacke auf einem Stuhl am Ende des Gangs, den Kopf in die Hände gestützt, Weinkrämpfe schüttelten ihn. Antje näherte sich vorsichtig, legte eine Hand auf seine Schulter. „Herr Hacke, was ist mit Ihnen? Versuchen Sie bitte zu sprechen…" Mit viel Mühe gelang es ihm, einige Worte zu stammeln. Er war offenbar in den 80-er Jahren selbst Schüler an der ´Odenwald-Schule`. Und in Antje keimte eine schreckliche Vermutung.

Auf dem Rückweg zur Fähre entschloss sie sich spontan, eine Nacht dranzuhängen und auf Spiekeroog zu bleiben. Es war zwar Hauptsaison, aber irgendwo musste doch noch ein Zimmer aufzutreiben sein. Im Strandkorb würde sie nicht übernachten müssen. Das ´Hotel Spiekeroog`, in dem sie noch ein Einzelzimmer bekommen konnte, hatte einen neuen Saunabereich, das war genau richtig nach diesem anstrengenden Tag und der für einen Sommertag ungewöhnlichen Abendkühle. Sich auf der Holzbank auf dem Handtuch lang auszustrecken, die einlullende Wärme zu spüren, tief einzuatmen, sich der Trägheit hinzugeben. Ihre Gedanken kreisten um den Kollegen, Ulrich Hacke. Konnte es sein, dass er damals selbst Missbrauchsopfer geworden war? Dann voller Ideale und guter Absichten als Lehrer an ein anderes Internat, um selbst alles besser zu machen? Nun die brutale Konfrontation mit der eigenen Vergangenheit, die er auf seine Weise gerade zu überwinden glaubte. Das könnte seinen Zusammenbruch erklären.

Dienstag, 17. Juli 2012, Spiekeroog

Schon gegen sechs Uhr morgens wurde Antje wach, sie hatte vergessen, die Vorhänge vorzuziehen und nun schien ihr die Sonne direkt ins Gesicht. Die Nacht war ohnehin unruhig, sie war häufig wach geworden, die Gedanken kreisten. Wieso berührte sie dieser Ulrich Hacke so? Ihr erster Gedanke am Morgen, „Ulrich...". Er hatte trotz aller Traurigkeit und Verzweiflung aus so schönen blauen Augen geblickt.

Bei weit geöffnetem Fenster etwas Morgengymnastik, wann hatte sie das zuletzt gemacht? Doch dadurch wurde sie wacher, freute sich auf das Frühstück in dem in den Gartenbereich hineinragenden wintergartenähnlichen Vorbau. Kaffee, eine Orange, Müsli und Vollkornbrötchen. Danach schnappte sie sich ihren Fotoapparat, den hatte sie eigentlich nur mitgenommen, weil sie für einen neuen Internetauftritt ihrer Praxis auch das Internat fotografieren wollte. Endlich mal nicht von der Hektik getrieben, legte sie sich am Strandbereich auf den Bauch, um durch das Dünengras hindurch die auf dem Meer glitzernde Sonne einzufangen, hoffentlich nicht zu starkes Gegenlicht. Sie entdeckte laufend neue Motive: auf einem noch leeren Strandkorb hatte sich eine Möwe niedergelassen, ein einsamer Jogger direkt am Meer, die Austernfischer mit ihren orangeroten Beinen.

Zurück im Ort schaute sie endlich einmal in die kleine Kirche, in der Johannes und Christina Rau geheiratet hatten, lange vor seiner Bundespräsidentenzeit. Sie zog den Kopf etwas ein, hatte Angst, an den Rahmen zu stoßen, so winzig war der Eingang. Die Kirche gefiel ihr auf Anhieb, sie mochte die Schlichtheit darin. Vorne auf einem Pult lag ein Gästebuch. Antje schaute sich um, niemand da, also brauchte sie ihre Neugierde auch nicht zu verstecken. Viele Eintragungen von Kindern oder Paaren über das schöne Wetter, die schöne Kirche, die schöne Insel. Sie blätterte immer weiter, dann ein ungewöhnlicher Eintrag, bei dem auch die Unterschrift fehlte. *„Lieber Gott, schenke meinem Mann den Glauben an uns und unsere Liebe zurück. Diese Kirche war Ort des gemeinsamen Versprechens. Lass die bösen Mächte keine Kraft über ihn gewinnen und lenke seinen Weg zurück zu seiner Frau, die ihn über alles liebt. Lass ihn wieder den Glauben an seine ursprünglichen Wünsche finden: Liebe, Wärme, Familie, Glück! Darum bitte ich dich von ganzem Herzen!"* Antje überlegte, wie alt die Frau wohl wäre.

Beim Weiterblättern entdeckte sie einen gemalten Regenbogen und las: *„Im letzten Jahr auf dieser Insel angekommen – hat uns das Glück eingenommen. Als nämlich zwei Regenbogen über den Horizont zogen, war es völlig klar, wir werden bald ein Ehepaar. Heute in dieser schönen Kirche sagen wir –ja – und grüßen Spiekeroog nun als vor Gott getrautes Paar."* Na, das berührte sie schon eher. Ganz am Schluss, am gestrigen Tag eingetragen, der schönste Eintrag: *„Der Leberfleck auf deinem Bein soll meine kleine Insel sein."* Unterschrieben von Jan – und eine Maike hatte direkt darunter geantwortet: *„Ich lieb dich auch, mein Schatz!"*

Spontan kam ihr der Gedanke, noch einmal zum Internat zurückzukehren, um zu schauen, wie es Ulrich Hacke ginge. Auf dem Weg zum Internat sammelte sie ihre Gedanken: Betroffene pädophiler sexualisierter Gewalt verbergen ihr Trauma oft tief in sich, das war ihr klar. Sie schließen ihre Erinnerungen möglicherweise weg, weil sie fürchten, alles noch einmal erleben zu müssen. Das konnte zu Beziehungsunfähigkeit,

Drogenkonsum, Alkoholismus oder auch Arbeitssucht führen. Letzteres vielleicht bei Ulrich Hacke? Er hatte sehr diszipliniert gewirkt.

Als Antje die Schule erreichte, lief ihr der junge Schulleiter über den Weg. „Schön, dass ich Sie sehe, Frau Blattner. Sie haben sich ja gestern wirklich nett um unseren Kollegen gekümmert." Sie überlegte, ob sie von ihrem Verdacht erzählen sollte, fragte aber lieber zunächst nach der Entwicklung. Sie erfuhr zu ihrer großen Überraschung, dass Ulrich Hacke und der Schulleiter vor einer Stunde ein längeres Gespräch geführt hatten, in dem die eventuelle Erfordernis einer psychologischen Betreuung angesprochen wurde. Dabei war auch Antjes Name gefallen, Ulrich Hacke hatte sie ausdrücklich dafür gewünscht.

„Wo ist der Kollege denn jetzt?", fragte sie Florian Fock. „Ulrich ist auf sein Zimmer zurück." Antje ging zielgerichtet zum Ende des Flures und klopfte etwas zaghaft an. Ulrich Hacke öffnete, hatte verstrubbelte Haare, kam wohl gerade vom Duschen. „Sie jetzt schon?", entfuhr es ihm. „Ulrich, – Herr Hacke…" – „Nein, ist schon gut, hier duzen sich doch nahezu alle, das würde mir manches leichter machen.., ach kommen Sie…, nein, komm erst einmal herein."

Antje und Ulrich saßen sich gegenüber, zwischen ihnen ein kleiner Ablagetisch, auf dem sich diverse Bücher stapelten. Obenauf lag von Daniel Glattauer ´Gut gegen Nordwind`, Antje sprach ihn darauf an: „Oh, eine wundervolle Liebesgeschichte, ich habe sie als

Theaterstück in Bremen im ´Packhaustheater` gesehen, da passen nur gut dreißig Zuschauer rein, charmante Atmosphäre. Kennst du auch den Folgeband?" „Nein – einen Folgeband?" „Ja, Glattauer wurde so bedrängt von den Lesern, dass das nicht das Ende der Geschichte sein könne. So schrieb er tatsächlich mit ´Alle sieben Wellen` eine Fortsetzung, die hundertprozentig gelungen ist. Wirklich schön! Ach, Emmi und Leo…" „Kriegen Sie sich denn am Ende?", hakte Ulrich nach, die Antwort kam schnell: „Lies selbst!"

Danach wurde es ernst. Antje erfuhr bruchstückhaft vom Missbrauch in den achtziger Jahren, vom Versuch des Vergessens, was Ulrich über Jahre gelungen zu sein schien: „Ich bin ein disziplinierter und gut strukturierter Lehrer, zumindest sagt man mir das nach. Ich arbeite mit vollem Engagement für meine Schüler, nebenher bin ich für etwa fünf Stunden in der Woche Joggen gegangen, damit fand ich ein inneres Gleichgewicht…", Antje hörte einfach nur zu, ermunterte ihn durch leichtes Kopfnicken, „so hatte ich kaum noch Erinnerungen an die schreckliche Zeit. Aber in den letzten Monaten wurde ich immer ungeduldiger, reizbarer und gestern Morgen brach es über mir zusammen. Dieses Gefühl völligen Ausgeliefertseins, völliger Unterlegenheit…", Ulrich ließ den Kopf hängen.

„Ulrich, das reicht…fürs erste." Ulrich blickte auf, seine blauen Augen verwässert durch unterdrückte Tränen. Sie vereinbarten einen ersten Termin und eigentlich wäre es Zeit zum Aufstehen und Gehen gewesen, doch sie saßen noch über eine Stunde zusammen. Antje vergaß jegliche Fährabfahrtzeiten, immer wieder begegneten sich ihre Blicke. Erst als eine Internatsschülerin anklopfte und sich nach einer Hilfestellung bei den Hausaufgaben erkundigte, nahmen sie die reale Umgebung und Situation wieder bewusst wahr. „Ich sollte auch mal los, um die Nachmittagsfähre zu erreichen. Und mein kleines Gepäck steht noch im Hotel", verabschiedete sich Antje rasch. Auf dem Weg zum Ort zurück schüttelte sie im Selbstgespräch lächelnd ihren Kopf: "ich bin doch kein Teenager, aber, he, Frau Psychologin, was war denn das...?".

Freitag, 27. Juli 2012, Bremen

Helge saß abends bei Antje am Küchentisch und hörte aufmerksam zu. Er mochte es sehr, wenn sie von ihrer Arbeit erzählte, insbesondere wenn es die Arbeit auf Spiekeroog betraf. Antje erzählte von der langen Debatte, die um Missbrauchsfälle und eventuelle Prävention geführt worden war. Sie ging bald zur Beschreibung von Ulrich Hackes emotionalem Ausbruch über, erzählte auch, dass sie noch einen Tag länger auf der Insel geblieben sei. „Stell dir vor, er möchte nun tatsächlich Therapiegespräche bei mir machen. Hoffentlich kann ich ihm da heraushelfen!"

Helges Stimme hatte einen unsicheren Klang. „Wieso gerade du? Solltest du dich nicht um die Schüler kümmern?" Die Rückfrage kam sofort: „Etwa eifersüchtig, Helge?" Helge ahnte, dass an diesem Abend wohl keine Kuschelstimmung mehr aufkommen würde und heftig entgegnete er: „Sag mal, wie hältst du es mit der Professionalität in deinem Job? Darf man einem Patienten emotional begegnen?" „Wer spricht denn davon, dass ich Ulrich emotional begegne?" „Duzen tut ihr euch auch schon!" „Können wir uns nicht mal wieder vernünftig unterhalten?" Helge wurde auch im weiteren nun wieder etwas ruhigeren Verlauf des Gesprächs das Gefühl nicht los, dass Antje ihm etwas vorenthielt. Als er vorschlug, mit dem letzten Zug gegen 23.30 Uhr zu fahren, widersprach sie ihm nicht.

Samstag, 28. Juli , Verden

Helge las die Mail mittags am nächsten Tag, als er vom Joggen zurückkam. *„Hallo Helge, hast du am Abend Zeit zum Telefonieren. Würde dich gerne heute noch sprechen… Grüße Antje".* Das Telefongespräch hatte dann nicht viel länger als zehn Minuten gedauert. Helge machte sich eine Flasche Rotwein auf. War er zu ungeduldig gewesen? Hatte sie ihn nur als Ablenkung genommen? Hatte er sich vieles nur eingebildet? War es das nun schon?

Sonntag, 29. Juli 2012

Eine weitere Mail entdeckte Helge erst am Abend: *„Hallo Helge, ich glaube, dir doch eine etwas längere Erklärung schuldig zu sein. Auch wenn du die wahrscheinlich nicht ganz verstehen oder nachvollziehen kannst. Ich habe dir am Telefon nicht die volle Wahrheit gesagt. Du hattest mit deinem Anflug von Eifersucht auf den Lehrerkollegen auf*

119

Spiekeroog in gewisser Weise Recht. Ich kenne Ulrich ja eigentlich überhaupt nicht, bin ihm bisher nur zweimal begegnet, aber ich spürte beinahe vom ersten Augenblick an eine Anziehung, die ich so bisher in meinem Leben nicht kannte. Ich guckte in seine Augen und hätte mich am liebsten darin verloren. Das ist hart für dich. Du bist ein sympathischer Typ, ich mochte dich gleich auf der Fähre. Aber das Gefühl, das ich Ulrich gegenüber spürte und spüre, hätte ich für dich, glaube ich, nie aufbringen können. Ich weiß nicht, ob ich Ulrich näher kennenlernen werde, ob sich daraus wirklich etwas ergeben wird. Was ich aber weiß, ist, dass ich dir gegenüber ehrlich sein muss. Entschuldige, dass ich dir das nur schreibe, ich konnte es am Telefon so nicht sagen. Ich wünsche dir für deinen weiteren Lebensweg alles Gute.

Einen letzten durchaus lieben Gruß, Antje."

„Hohes Ufer. Wie hoch ist hoch? Hoch genug, um auf der anderen Seite Land zu sehen?

Der Bunker fiel ihr zuerst auf. Aus welcher Zeit der Beton wohl stammt, der grobe Steine in sich fasst? Oder besser gesagt: Die Reste davon. Nun stand sie da, die wuchtigen Mauern hinter sich – und genoss das, was vor ihr lag. Das Meer da unten war zahm. In den folgenden Jahren kehrte sie immer wieder an diesen Ort zurück. Seine Brüchigkeit zog sie merkwürdig an."

(aus: Gerlinde Creutzburg, Annett Gröschner, Inga Rensch (Hg.): Kunststück Ahrenshoop, Hinstorff Verlag Rostock, 2004

Im Tod vereint

Dienstag, 19. März 2013, Verden

Wie schon an manch einem dieser bleischweren Abende stand Marc vor dem großen Fotoposter: `Roderick Field, photography´ las er sich leise selbst vor. Wann mochte diese Aufnahme in schwarz-weiß entstanden sein? War sie gestellt oder gab es wirklich eine Party, an deren Ende der Mann und die Frau vom noch zufällig anwesenden Freund fotografiert wurden? Das Bild hatte eine faszinierende Ausstrahlung auf Marc. Die Frau im Vordergrund saß an einem Tisch, umfasste mit der linken Hand ein fast geleertes Glas Wein, den Kopf in die rechte Handfläche gestützt. Ihr Blick schien an der Tischplatte vorbei zum Boden

zu gehen, konnte ihn jedoch in ihrer Gedankenver-
lorenheit nicht erreichen, war letztlich nach innen
gerichtet. Dachte sie an einen der Gäste, der in ihrem
Leben eine Rolle gespielt hatte oder noch spielen
sollte? Oder hing sie bestimmten Eindrücken nach,
waren es Gespräche an diesem Abend, die sie so
nachdenklich stimmten? Ihr Mann, Marc hatte keinen
Zweifel daran, es musste ihr Mann sein, stand in eini-
gem Abstand im Türrahmen hinter ihr, blickte auf
ihren Rücken. Er trug ein weißes Hemd, die Ärmel
leger hochgekrempelt, die Krawatte schon etwas ge-
lockert. Die letzten Gäste waren offensichtlich gegangen, er hatte noch ein Glas Wein in der linken Hand.
Knüpfte er nun noch Erwartungen an den weiteren
Verlauf des Abends? Hatte er seine Frau schon häufiger in dieser Stimmung erlebt und blieb ihm nur das
resignierte Abwenden? Würden sie noch eine Zeit
lang zusammensitzen? Lief noch leise Musik oder war
die letzte eingelegte CD schon lange an ihr Ende gekommen?

Marc schüttelte den Kopf, bemerkte, dass Diana Krall
auch schon länger nicht mehr aus der Stereoanlage zu
hören war, nein, so konnte er die weiteren Urlaubs-
abende nicht verbringen. Er igelte sich immer mehr
ein. Ihm fiel ein Satz aus einem Roman ein, den er vor
kurzer Zeit gelesen hatte: `Musik ist das Versprechen
eines Lebens, das es im Leben nicht gibt…´.

Morgen früh würde er im `Ginkgo Mare´ in Prerow
anrufen, vielleicht hatten sie noch ein Einzelzimmer
frei. Er musste es doch schaffen können, auch alleine

in Urlaub zu fahren, wenigstens mal eine Woche. Selbst wenn er wusste, dass er seine Sehnsüchte nur in einer zerbrechlichen Kiste eingesperrt hatte.

Der erste Versuch zum Jahreswechsel auf Amrum war schmerzhaft verlaufen, doch daran wollte er jetzt nicht weiter denken. Gedankenverloren stand er vor der Stereoanlage und sein Blick fiel auf die bereit liegende CD ´Café Montmartre` von Stan Getz. Wider Erwarten lag das Café in Kopenhagen, die Liveaufnahme aus dem Jahr 1991 stammte von dort. Der sanfte warme Ton des Tenorsaxofons, so wie es Stan Getz zu spielen verstand, faszinierte ihn immer wieder. Beim Hören blätterte Marc im beiliegenden Heftchen. Kopenhagen wäre vielleicht auch mal eine Reise wert, eine Fahrt mit dem Rad durch die angesagten Viertel, einen Latte Macchiato in einem Szenecafé, abends in irgendeinem Jazzclub die Zeit verlieren. Ein Zitat von Stan Getz ging ihm durch den Kopf, als er sich endlich aufraffte, nach oben ins Bett zu gehen: `I believe you should try to make music as beautiful as you can. It should not be done with ugliness. There´s so much hate in the world; you have to counteract it with loveliness.´

Sonntag, 24. März 2013

Als Marc auf der Autobahn die Landesgrenze von Mecklenburg-Vorpommern erreicht hatte, wurde ihm klar, dass er mitten im März Winterurlaub machen würde. Auf den Feldern nicht nur eine dünne Schneeschicht, seit Tagen hatte es geschneit, die Landschaft war mit einer dicken Schneeschicht überzogen.

Als er später schon auf der Halbinsel Fischland-Darß einen kleinen Parkplatz ansteuerte, musste er vorsichtig sein, er durfte nicht in den Schneewehen stecken bleiben. Auf dem Feld sah er einen jungen Mann beim Skilanglauf.

Als er kurze Zeit danach durch Ahrenshoop fuhr, riss der Himmel auf, die Sonne offenbarte ihre Märzkraft. In der Nähe des Café ´Namenlos` entdeckte er einen Parkplatz. Im Hotel in Prerow würde er noch früh genug sein, jetzt lockten Schnee und Sonne, der weite Blick über die glitzernde Ostsee, die kleinen Schaumkronen auf den sich brechenden Wellen, der schneebedeckte Strand und ganz hinten am Horizont der Leuchtturm von Prerow. Viele Paare und Familien waren unterwegs. Doch er spürte keinerlei Form von Einsamkeit, gut, dass er hier war. Bald entdeckte er am Steilhang des Hohen Ufer das weiße reetgedeckte kleine Haus, das er aus so vielen Reiseführern kannte. Er fotografierte es, lange Eiszapfen tropften an der Unterkante des Reetdaches ab, Ende März.

Zwei Stunden später packte er in seinem Zimmer im `Ginkgo Mare´ den Koffer aus. Hier würde er sich wohl fühlen können, helle massive Holzmöbel, eine kleine Küchenzeile, ein Lesesessel, sogar eine Schreibtischablage. Hier würde er seinen Laptop aufstellen, schreiben, auch wenn er noch keine Vorstellung hatte worüber. Das für Hotelgäste zum Teil kostenlose Kursangebot gefiel ihm ebenfalls gut und bei dem Wetter würde er sicherlich abends gerne die kleine Sauna nutzen.

Er streckte sich auf dem Bett aus und blätterte in dem Reiseführer, den er zuhause noch rasch in der Stadtbibliothek entliehen hatte. Der Kunstmaler Paul Müller-Kaempff war danach also der eigentliche Gründer der Künstlerkolonie Ahrenshoop. Marc las: `Im Spätsommer 1889 hielt ich mich in Wustrow auf dem Fischlande auf, um Studien zu malen. Gelegentlich einer Wanderung am hohen Ufer lag plötzlich, als wir die letzte Anhöhe erreicht hatten, zu unseren Füßen ein Dorf: Ahrenshoop. Wir blickten überrascht und entzückt auf dieses Bild des Friedens und der Einsamkeit. Die altersgrauen Rohrdächer, die grauen Weiden und grauen Dünen gaben dem ganzen Bilde einen Zug tiefen Ernstes und vollkommener Unberührtheit. Die Dünen gekrönt von uralten Weißdornbäumen, Stechpalmen und wilden Rosen.´

Beim weiteren Blättern erfuhr Marc, dass sich neben den Malern auch das Kunsthandwerk ausgebreitet hatte. Er wurde auch neugierig auf die ´Bunte Stube`, einen Buchladen, in dem schon zu DDR-Zeiten Bilder und Kunsthandwerk ausgestellt wurden und auf diverse Keramikwerkstätten, die eine jahrzehntelange Tradition hatten. Bekannte Intellektuelle hatten hier ihre Urlaube oder auch längere Aufenthalte gehabt, Johannes R. Becher, Bertolt Brecht, Arnold Zweig, Thomas Brasch und andere. Uwe Johnson hatte in seinem Roman `Jahrestage´ der Protagonistin Gesine Cresspahl sogar die Worte `Das Fischland ist das schönste Land der Welt´ in den Mund gelegt. Allerdings erfuhr er an einer anderen Stelle auch, dass Johnson Gesine Cresspahl ebenfalls eine heftige Ablehnung der Kulturbundaktivitäten in den Mund gelegt hatte. Sie sprach von einer Spielwiese für die Intellektuellen, die von der Regierung für artig oder benutzbar angesehen wurden. Offensichtlich gab es zwischen den Ahrenshoopern und kritischen DDR-Intellektuellen auf der einen Seite und den von Johannes R. Becher über den Kulturbund zu Tagungen und Kursen eingeladenen Schriftstellern auf der anderen Seite erhebliche Spannungen. Der ʻKulturbund zur demokratischen Erneuerung Deutschlandsʼ hatte hier im sogenannten ʹDünenhausʻ ein Tagungshaus errichtet, in dem jahrelang Sommerakademien für Kulturfunktionäre stattfanden. Johannes R. Becher, späterer Kulturminister in der DDR-Regierung, hatte damals als Präsident des Kulturbundes die Leitung inne und verbrachte viele Sommer in dem Ostseebad.

Vielleicht sollte er eine Kurzgeschichte über das intellektuelle Milieu hier in den Zeiten des Kommunismus schreiben. Wie viel Freiheit hatten sich die Intellektuellen in Ahrenshoop gegenüber der SED herausnehmen können? War Ahrenshoop weit genug von Berlin entfernt oder reichte der lange Arm von Regierung und Stasi auch bis in diese kleine Künstlerkolonie? Würde es vielleicht in diesem Urlaub eine Gelegenheit geben, darüber etwas in Erfahrung zu bringen? Er stellte sich eine sommerlich flirrende Luft vor, Badegäste, vielleicht sogar einige FKK-ler, das war in der DDR doch so verbreitet? Tatsächlich stieß er noch auf eine passende Anekdote. Im Mai 1954 hatte die SED-Regierung das wilde Nacktbaden zunächst in Ahrenshoop und später sogar an der gesamten Ostseeküste –

erfolglos – zu unterbinden versucht. In diesem gesellschaftlichen Klima hatte Johannes R. Becher eine ihm anscheinend unbekannte nackt am Ahrenshooper Strand dösende Frau angeschnauzt: „ Schämen Sie sich nicht, Sie alte Sau?" Als Becher kurz darauf den Nationalpreis erster Klasse an Anna Seghers verlieh und die Geehrte mit „Liebe Anna" begrüßte, soll die Autorin dazwischengerufen haben: „Für dich, Hans, immer noch die alte Sau!"

Als Marc später die eine mitgebrachte Flasche Rotwein aus dem Auto in sein Zimmer holte, war er wieder im Winter angekommen.

Montag, 25. März 2013, Prerow

Marc wurde wie so häufig früh wach. Das Frühstück gab es erst ab 8 Uhr, also dachte er daran, vorher noch einige Yogaübungen zu machen, das wäre ein achtsamer Einstieg in diesen ersten Urlaubstag. Doch dann war der Gedanke da, noch vor dem Frühstück durch den sicherlich einsamen Darsser Wald zu joggen und er schnürte sich rasch die Laufschuhe.

Die klare Luft tat ihm gut. Ein weiterer Jogger begegnete ihm, nickte ihm freundlich zu, zwei Leute waren mit ihren Hunden unterwegs. Marc liebte die klare kalte Morgenluft und den durch den Schnee verzauberten Wald und er konnte dem Rhythmus seiner knarzenden Schritte zuhören. Das anschließende Bio-Frühstück im Hotel ließ keine Wünsche offen. Viele Sorten Käse, Honig, Marmeladen, Wurst, ein Dinkelfrischbrei, Müsli, Tee, Kaffee, natürlich auch Vollkorn-brötchen sowie die Frage, ob ein Frühstücksei ge-wünscht sei. Der Raum lag zur Ostseite, die Morgen-sonne versteckte sich noch hinter dem nah angren-zenden Nachbarhaus und den Bäumen. Doch durch die bodentiefen großen Fenster kam viel Licht herein, das schuf eine freundliche Atmosphäre. Obwohl man recht nah zusammen saß, herrschte schweigsame Stille. Selbst Paare sprachen kaum miteinander.

Eine junge Frau am Nachbartisch las, den Umschlag erkannte er: `Der Hundertjährige, der aus dem Fens-ter stieg und verschwand´, ein aktueller Bestseller aus Schweden. Als schon einige Gäste den Raum verlassen hatten, sprach er sie an. „Ist das jeden Morgen so still hier?" An ihrem Lächeln bemerkte er sofort, dass er nicht der Einzige war, dem das unangenehm auffiel. Wie sich bald herausstellte, kam sie aus Ottersberg, nur dreißig Kilometer von seinem Zuhause entfernt. Plötzlich beteiligten sich weitere Gäste an dem Ge-spräch, die befremdliche Stille war aufgehoben.

Doch schon bald brach Marc nach Ahrenshoop auf. Nur etwa hundert Meter abseits der entdeckte Marc vor einem kleinen Parkplatz einen auffallenden Neu-bau, verputzt, leicht geschwungene Form, ´LGM-Klanggalerie Lutz Gerlach` auf einem recht unauffälli-gen Schild. Wenige Minuten später lag er in einem Liegesessel in dem kleinen Klangraum, hörte sanfte Pianotöne, untermalt vom Rauschen der Ostsee und fühlte sich in dieser Gegend angekommen. Es stellte sich heraus, dass Gerlach zuvor in der Ostberliner

Musikszene verankert war und seit wenigen Jahren mit seiner Lebensgefährtin, Ulrike Mai, einer klassisch ausgebildeten Pianistin, hier lebte und produzierte. Im Spätsommer würde er sogar ein Livekonzert draußen am Hohen Ufer geben, der Flügel in der Abendsonne am Meer.

Beim Abschied fragte er: „Sagen Sie mal, gab es nicht hier in der Nähe eine schon zu DDR-Zeiten bekannte Töpferei?" Lutz Gerlach beschrieb ihm daraufhin den Weg am Bodden entlang nach Althagen. Dort sei die Töpferdynastie Brauer angesiedelt, heute würden Kinder und Enkelkinder diese Tradition fortsetzen. Marc freute sich schon auf den Spaziergang durch die verschneite Boddenlandschaft, da fiel ihm am Ausgang ein Flyer auf, ´Internationale Klaviertage Zingst 2013`. Als er darin blätterte, bedauerte er sehr, über Ostern schon wieder zuhause zu sein. Die ´Queen of piano` Jenny Rüth und Anne Folger mit ihrem virtuosen Programm ´Tastatour`, Klassikaufführungen, Lutz Gerlach und Ulrike Mai mit ´Nachts am Meer` und als absoluter Höhepunkt, zumindest sein persönlicher Favorit, der Jazzpianist Martin Tingvall mit seinem ersten Soloprogramm. Gerne hätte er diese Konzerte gehört.

Gerlach hatte ihn dabei beobachtet: „ Ja, für ein solch schmales Budget stellen wir da viel auf die Beine. Die Akustik in dem Kurhaus ist nicht so besonders, stellt Herausforderungen an die Pianisten, aber das Publikum sitzt uns wiederum fast auf dem Schoß dort, eine tolle Atmosphäre." „Vielleicht auf Wiedersehen im nächsten Jahr, dann sicherlich bei den Klaviertagen", verabschiedete sich Marc lächelnd.

In dem kleinen Althagener Hafen befand sich eine urige Fischbude und Marc ließ sich den Räucherfisch trotz der eisigen Kälte schmecken. Danach folgte er zu Fuß dem ausgeschilderten Radweg am Bodden entlang, leises Knarzen der Schritte im Schnee. Nach wenigen hundert Metern entdeckte er die kleine Töpferei einer Enkelin Brauers. Er stellte sich das Haus im Sommer vor, den Garten voller Blumen, die Tür zur Töpferei einladend offen stehend. Doch nun ging er wegen der Kälte raschen Schrittes auf das Haus zu. Ihm fiel gerade noch eine Skulptur an der seitlichen Hauswand auf, anscheinend ein Ehepaar in Stein gemeißelt. Nicht allzu groß, aber doch so eingelassen, dass sie sicherlich von manchen Passanten registriert wurde. Er klopfte an, es gab keine Klingel. Eine ältere Frau öffnete ihm, bat ihn freundlich herein. Offensichtlich hatte sie gerade strickend in der angrenzenden kleinen Stube auf dem Sofa gesessen, eine Tasse Tee vor sich. Ein uraltes Radio übertrug ein Jazzlivekonzert von Michael Wollny in Göttingen.

„Oh, Sie hören Michael Wollny? Den habe ich im Herbst 2011 live in Bremen erlebt, ein Konzert mit Nils Landgren und Viktoria Tolstoy, phantastisch!" „Ach, junger Mann, da höre ich gar nicht richtig hin. Aber wo Sie gerade mal da sind, könnten Sie vielleicht mal eben diese Strickjacke anprobieren? Der Kunde, der sie in Auftrag gab, hat in etwa Ihre Figur!" Marc wunderte sich, folgte aber spontan der Aufforderung.

Hinterher sollte er sich noch oft darüber freuen. Wäre das folgende Gespräch sonst so verlaufen?

„Meine Tochter, die die vielen Dinge getöpfert hat, ist gerade im Urlaub. Aber schauen Sie sich gerne einmal um, auch in der Werkstatt, die allerdings wohl gerade recht kalt ist", forderte die strickende alte Dame ihn nach der Anprobe auf. Marc schaute sich um, aber ihm ging die Skulptur nicht aus dem Kopf. „Sagen Sie mal, mir ist die Skulptur draußen an der Hauswand aufgefallen. Wer wird denn da dargestellt?" Marc erfuhr eine tragische Lebensgeschichte, die Geschichte ihrer Eltern. Dazu wollte er abends einiges aufschreiben. Die Realität lieferte oft noch bewegendere Geschichten als die Phantasie. Abends im Hotel verfasste er jedoch nur noch wenige Notizen, er war zu müde. Den ganzen Tag in kalter Schneeluft draußen, das war er nicht gewohnt.

Dienstag, 26. März 2013, Prerow
Marc wurde wieder früh wach, entschied sich, heute tatsächlich in seinem Zimmer ein paar Yogaübungen zu machen und frühstückte danach schneller als am Vortag. Zurück auf seinem Zimmer suchte er die Notizen vom Vorabend zusammen, schaltete den Laptop ein und begann zu schreiben:

Juli 1968, Ahrenshoop-Althagen
In dem kleinen Verkaufsraum neben der Töpferei
klopfte jemand an die Tür. August Brauer ließ sich
um diese Zeit nicht gerne bei der Arbeit stören,

schlurfte widerwillig zur Tür. Oberleutnant Krause redete nicht herum, kam sofort zur Sache: „ Herr Brauer, morgen um 15 Uhr möchte ich Sie bei der Staatssicherheit in Ribnitz sehen. Wie Sie dort hinkommen, weiß ich nicht, wie Sie zurückkommen auch nicht, ist mir auch egal." August ahnte nur vage, was auf ihn zukommen könnte. Nun hatten die abendlichen Diskussionsrunden über den Prager Frühling, über Dubceks Reformen und mögliche Veränderungen des Sozialismus in der DDR offenbar doch unerwünschte Ohren erreicht. Schon gar nicht konnte er sich in diesem Moment vorstellen, dass er erst nach zwei Tagen intensiver Verhöre zurückkommen sollte.

Nach der Fahrt im gerade neu erstandenen Trabbi ging August Brauer entschlossenen Schrittes in das Stasigebäude. Verwundert bemerkte er, dass neben Oberleutnant Krause nur eine weitere Person im Raum anwesend war, offensichtlich für das Protokoll zuständig. Krause redete nicht lange herum: „Herr Brauer, es gab einige Treffen in Ihrem Haus, von denen wir Kenntnis bekommen haben. Auch in der ´Bunten Stube` beteiligten Sie sich an gewissen Diskussionen. Wie stehen Sie denn zur neuen Verfassung unseres sozialistischen Staates, die vom Vorsitzenden des Staatsrates, dem Genossen Ulbricht, auf den Weg gebracht und im April beschlossen wurde?" „Nun, Herr Oberleutnant Krause, ich schätze unsere Verfassung sehr. Aber manche Ausführungen der Parteispitze scheinen mir nicht in vollem Umfang zutreffend. Wenn unser

System als Vorbild für hochindustrialisierte Staaten dargestellt wird, wenn die wissenschaftlich-technische Revolution die Industrie an die Weltspitze führen soll, ist das nicht indirekt eine Beleidigung für unser Brudervolk der Sowjetunion?"

Krause stutzte ein wenig, offensichtlich hatte er mit einer solchen Argumentation nicht gerechnet. August Brauer freute sich diebisch, er würde hier bestimmt nicht seine Sympathie für die demokratischer ausgerichteten Reformen in der Tschechoslowakei ausbreiten. Sollte er ausgerechnet mit der Stasi Auffassungen diskutieren wie die Zulassung autonomer Gewerkschaften und privat geführter Kleinbetriebe, die Einführung einer Arbeiterselbstverwaltung oder das Ende der staatlichen Lenkung der Preisbildung? Schließlich hatten sie gerade in der letzten Diskussionsrunde in der ´Bunten Stube` heftig über die Bedeutung der sogenannten ´Breschnew-Doktrin` gestritten, in der die begrenzte Souveränität der sozialistischen Länder festgehalten und damit der Führungsanspruch der Sowjetunion festgeschrieben wurde. Manche hatten sogar einen Einmarsch des sowjetischen Militärs in der Tschechoslowakei nicht ausgeschlossen.

„Herr Brauer, Sie wissen doch sicherlich, dass in der Verfassung Zusammenarbeit und Freundschaft mit der Sowjetunion als Staatsziel aufgeführt sind! Also reden Sie nicht herum, was sind denn Ihre eigentlichen Zielsetzungen?" Das Gespräch – das Verhör – ging ohne Pause über drei Stunden. Und August *hatte es mit einem versierten Gesprächspartner zu tun. Er konnte seine Sympathien für Dubceks Reformen am Ende nicht leugnen, in den Diskussionsrunden war offensichtlich ein inoffizieller Mitarbeiter der Staatssicherheit anwesend gewesen.*

Am zweiten Tag wurde ihm folgendes Angebot unterbreitet: „Herr Brauer, unterzeichnen Sie diese Verpflichtungserklärung zur Mitarbeit, nur dann können wir sicher sein, dass Sie auf unserer Seite sind. Nur dann können wir Sie und Ihre Familie schützen. Sie möchten doch sicherlich weiter in Ahrenshoop Kunsthandwerk herstellen?

"August Brauer verließ nach zwei Tagen die Stasiräume ohne unterzeichnet zu haben. Er sah einer ungewissen Zukunft entgegen.

Marc zögerte, durfte er den zeitlichen Ablauf so verdrehen? Hatte August Brauer nicht schon im Jahr 1967 die Töpferei in Althagen verlassen und seine Familie mit den acht Kindern zurückgelassen? Und das, weil im Frühjahr eines Tages eine wunderschöne Frau, Mitte 40, mit strahlend blauen Augen in seinem Verkaufsraum stand. Sie kam von der Insel Rügen, machte einen Kurzurlaub, hatte die kleine Töpferei zufällig entdeckt. Es war gegenseitig Liebe auf den ersten Blick.

Marc wischte diese Gedanken beiseite, nein, er wollte diesen zweiten oder dritten Frühling von Brauer mit dem ´Prager Frühling` verbinden. So sah er die Möglichkeit, den völligen Neubeginn des privaten Lebens von Brauer mit der Enttäuschung, mit der Ernüchterung nach der Niederschlagung der demokratischen Entwicklung in der Tschechoslowakei in Verbindung zu setzen. Das gefiel ihm: politisch eine Sackgasse, Erstarrung, auch in der DDR keine Hoffnung mehr auf Reformen des Sozialismus, deshalb die Konzentration auf das private Glück.

So schrieb er ohne Bedenken weiter, entschloss sich aber, den Namen zu verändern. Er scrollte im Text nach oben, aus August Brauer wurde Friedel Schmied.

September 1968, Althagen
Friedel Schmied kam nach der Versammlung in der 'Bunten Stube' spät nachhause. Es brannte Licht, also war seine Frau noch wach. Heute Abend freute er sich darüber, denn er wollte noch reden. An anderen Abenden machte er sich rar, zog sich schnell zurück. An solchen Abenden gingen seine Gedanken nach Rügen. Als er daran dachte, fühlte er sogleich wieder die Sehnsucht. Aber heute konnte er nicht an Johanne denken. Sie rechnete ohnehin erst morgen Abend wieder mit einem Anruf von ihm. Hoffentlich würde seine Frau die Telefonrechnung nicht zu sorgfältig studieren. Das ging ja nun schon bald vier Monate so. Je häufiger er mit Johanne telefonierte, desto größer wurde seine Sehnsucht, sie mussten sich bald wiedersehen.

Seine Frau saß auf dem Sofa, die vielen Bilder in der Stube würde er eines Tages vermissen, das spürte er deutlich. „Wollen wir noch ein Glas Wein zusammen trinken?" Seine Frau runzelte die Stirn, schaute ihn überrascht an, willigte ein. „Der Abend war fürchterlich", begann Friedel, „ du kannst dir kaum vorstellen, wie groß die Enttäuschung ist. Der Einmarsch der sowjetischen Truppen in der Tschechoslowakei und die Niederschlagung aller Reformen dort – Friedels Stimme wurde brüchig, dann fuhr er energisch fort – lässt jegliche Hoffnung hier ersticken. In der SED wird hart durchgegriffen, Ausschlüsse kritischer Mitglieder, Streichungen von Kandidaten, Einschüchterungen, Verwarnungen… Im Westen, in der BRD, können die Studentenproteste anscheinend eine Veränderung in der Gesellschaft herbeiführen, hier herrscht absoluter Stillstand oder sogar Rückschritt. Mir klingen die Worte von Ulbricht vom siebten Parteitag im April 1967 noch im Ohr, er sprach von der ´sozialistischen Menschengemeinschaft, die nicht nur Hilfsbereitschaft, Güte, Brüderlichkeit, Liebe zu den Mitmenschen` umfassen sollte. Nein, wir sollten auf dem Weg sein, uns zu sozialistischen Persönlichkeiten zu entwickeln, zu ´sozialistischen Gemeinschaften im Prozess der Teilnahme an der Planung und Leitung der gesellschaftlichen Entwicklung`, welche Farce!" Seine Frau blickte ihn beinahe verständnislos an. „Hast du an diese Parolen geglaubt?" „Else, du hast dich schon immer mit deiner Kunst, dem Malen und der Kindererziehung aus den Debatten herausgehalten. Hattest du überhaupt Hoffnungen?" „Friedel, du hast selbst einmal gesagt, dass es nach 1961, nach dem Bau der Mauer, ein liberaleres Klima gegeben habe. Der Bestand der DDR sei ja stabilisiert, weil die Leute, auch gut ausgebildete, nicht mehr weglaufen konnten. Es seien mehr kritische Romane, sogar vermehrt Lizenzausgaben von Werken westlicher Autoren erschienen, im Radio Beatmusik."

Friedel fiel ihr ins Wort: „Das ging vielleicht drei, vier Jahre so, dann wurde die Atmosphäre wieder kälter! Aber im letzten Jahr, durch den Wandel in der CSSR, da entstanden hier neue Debatten. Du hieltest dich sehr zurück..., wie sehr war ich hingegen begeistert, als Thomas Brasch hier in einer Runde vorschlug, das ´Berliner Ensemble` zu besetzen, um bestimmte Forderungen öffentlich zu machen!"

„Friedel, du bist 65 Jahre alt, wo kommt deine Hitzköpfigkeit immer noch her?" Bei diesem Begriff dachte er plötzlich wieder an Johanne, auch sie hatte ihn vor kurzem erst Hitzkopf genannt, aber in ganz anderem Zusammenhang. Auf einmal wollte er doch lieber allein sein und ging bald darauf zu Bett.

Marc verspürte Appetit, vielleicht unten ein Stück Obst? Außerdem wollte er nicht die gesamten Tage mit Schreiben verbringen. Heute wäre ein guter Tag, um am Strand entlang bis zum Darsser Nothafen zu wandern und dann zum Leuchtturm an der Spitze des

Weststrandes. Dirk Brügmann, der Inhaber des Hotels, immer ein offenes Ohr für seine Gäste, saß am PC beim kleinen Empfangstresen. Marc fragte ihn: „Sag mal, wie weit ist es am Strand entlang bis zum Leuchtturm?" Er erfuhr, dass er für Hin- und Rückweg drei Stunden einkalkulieren solle.

Es wurde eine sehr schöne Wanderung. Der kalte Ostseewind blies ihm in den Rücken, am Strand festgefrorene Schneeschichten, an den Rändern der Hafenfläche im Nothafen noch Eis. Das letzte Stück des Weges führte dann durch Dünen und Schilf, auch hier überall Schnee. Marc freute sich auf einen heißen Kaffee oder Tee. Doch am Leuchtturm musste er feststellen, dass man nur über eine Eintrittszahlung am Museum in das Cafe gelangen konnte. Aus Prinzip kehrte er nicht ein und machte eine kurze Rast auf einer Bank, die gerade von der Mittagssonne ein wenig Wärme gespendet bekam.

Der Rückweg führte ihn wieder durch den verschneiten Wald. Im ´Ginkgo Mare` stand selbst gebackener Biokuchen bereit. Marc holte den Laptop aus seinem Zimmer herunter, hier würde er mit Ausblick in die kleine Gartenlandschaft bei Kaffee und Kuchen weiter schreiben. Für die politischen Hintergründe und Abläufe in der DDR würde er sich später zuhause noch Bücher in der Stadtbibliothek besorgen, hier wollte er sich auf die persönlichen Aspekte der Geschichte konzentrieren, die er von der alten Dame erfahren hatte, der Tochter von Else Brauer bzw. Schmied.

Januar 1969, Althagen

Else saß in der kleinen Stube am Ofen. Nachdenklich schaute sie zum Fenster in die Dunkelheit hinaus. Wie sollte sie diesen Winter alleine mit den Kindern schaffen? Gut, ihr ältester Sohn hatte seine Ausbildung abgeschlossen und ihr versprochen, die Keramikwerkstatt zu übernehmen, er versuchte ihr zu helfen, wo immer er konnte. Ihre Ehe war nicht immer reibungslos, zugegebenermaßen auch nicht immer glücklich verlaufen, doch hätte sie es nicht für möglich gehalten, dass Friedel sie und die Kinder verlassen würde. Zwei Wochen vor Heiligabend hatte Friedel ihr völlig überraschend mitgeteilt, dass er sich neu verliebt hätte. Sie hatte es nicht fassen, nicht begreifen können und nachgefragt: "Wie denn, wo denn, wer denn?" Er hatte daraufhin von einer Kundin in der Töpferei erzählt, es wäre spontan eine große Verliebtheit entstanden und viele Telefonate in der Folge. Johanne, er hatte den Namen beinahe beiläufig genannt, wäre ihm von diesem Augenblick an nicht mehr aus dem Kopf gegangen. Else hatte es nicht glauben können, war aber von Friedel rasch vor vollendete Tatsachen gestellt worden. Nach den Weihnachtstagen, die natürlich sehr angespannt verliefen, hatte er seine Sachen gepackt und war nach Rügen verschwunden, nach Juliusruh. Er hatte ihr knapp erklärt, dass er dort mit Johanne eine neue Keramikwerkstatt aufbauen wolle. Wie sehr hatte sie das verletzt, gekränkt, es schmerzte unendlich.

Energisch erhob sie sich, ging in die kleine Werkstatt, suchte Ton zusammen. Sie würde ein Selbstporträt gestalten, das ihre momentanen Gefühle zum Ausdruck brächte. Einen nackten Torso als Keramik, keine Arme, keinen Unterleib, dann vielleicht umschlungen von einer Papierzeichnung, Ritzungen auf der Haut. Sie musste einen Aufschrei unterdrücken, die Kinder durften doch nicht aufgeweckt werden. Sie hörte erst kurz vor Mitternacht mit der Arbeit an dem Torso auf, an jedem der folgenden Abende würde sie weiter daran arbeiten.

Marc wurde unterbrochen, denn andere Gäste kamen nun auch zum Kaffeetrinken in den Raum. Er sicherte rasch die Datei und schaltete den Laptop aus. Aber letztlich wurde er gar nicht angesprochen, konnte weiter seinen Gedanken nachhängen.

Er hatte das etwa 40 cm hohe ´Selbstbildnis als Torso` gezeigt bekommen. Die Tochter hatte fast zwei Stunden lang in der gut geheizten Stube erzählt, es war eine sehr ungewöhnliche Atmosphäre entstanden. Die Keramikfigur, den Torso, hatte er lange betrachtet. Er hatte nicht erkennen können, ob Else eine hübsche Frau gewesen war. Die Keramik ließ das auf besondere Weise offen. Buschige, dichte Augenbrauen, hohe Wangenknochen, eine recht große Nase, beinahe ein Schmollmund. Ein schlanker Körper, eine zarte Frau, um die Hüfte etwas weicher. Nach den vielen Geburten ein beinahe noch mädchenhafter Körper. Er hätte gerne ein Foto von ihr gesehen, traute sich aber nicht, danach zu fragen. Der Gesichtsausdruck melancholisch, die fehlenden Arme ließen sie völlig wehrlos erscheinen. Diese Beobachtungen hatte er erst bei einer zweiten Betrachtung gemacht, denn beim ersten Blick standen die Ritzungen der Haut zu sehr im Vordergrund, der gesamte Torso überzogen davon, sogar im Gesicht. Eine zutiefst verletzte Frau. Wie hatte Else die Kraft aufbringen können, ihren Zustand auf diese Weise abzubilden?

Er hatte dann noch erfahren, dass sie im Jahre 1973 einen Schlaganfall erlitten und dennoch immer weiter künstlerisch gearbeitet hatte. Sie war an Ausstellungen nicht nur in Ahrenshoop, sondern auch in Berlin und Leipzig beteiligt. Sie starb im März 1989 in ihrem Haus in Althagen, hatte nach der Trennung noch zwanzig Jahre lang ihre Energie in das künstlerische Schaffen verlegt. Friedel hatte Johanne eine Woche nach der Scheidung auf Rügen geheiratet.

Plötzlich fiel Marc die Skulptur an der Hauswand wieder ein. Die hatte er beim Schreiben völlig aus den Augen verloren. Er schaltete den Laptop erneut ein.

Frühjahr 1981, Althagen
Friedel kam über Ostern zu Besuch. Nach so vielen Jahren waren seine Familienbesuche wieder etwas häufiger geworden. Die Kinder hatten ihm zwar nie verziehen, dass er sein persönliches Glück ohne Rücksichtnahme verfolgt hatte, die Zeit hatte aber einige Wunden verheilen lassen. Es funktionierte

allerdings nur durch völlige Abgrenzung zur neuen Frau. Einen einzigen Versuch der Annäherung hatte es vor Jahren einmal gegeben: Eine Tochter wollte zum Vater auf Rügen ziehen und sehen, ob sie dort Fuß fassen könne, kehrte aber desillusioniert schon nach drei Wochen zurück. So hatte sich die Familie eigenständig – ohne den Vater – im Raum Ahrenshoop zu einer erfolgreichen Töpfer- und Künstlerdynastie entwickelt.

Es waren schöne Ostertage, doch dann erkrankte Friedel heftig. Er verschob seine Rückreise nach Rügen Woche um Woche, einige Male führte er Telefonate mit Johanne. Obwohl sie merkte, dass seine Stimme immer schwächer wurde, konnte sie ihn nicht in Althagen besuchen. Auch gegen ein Abholen wehrte er sich heftig. Sechs Wochen nach Ostern verstarb er im Kreis seiner Familie. Sein ältester Sohn fertigte spontan eine Totenmaske des Vaters an, um daraus eine Skulptur anfertigen zu können. Es brauchte eine Weile, die Mutter zu überreden, aber dann willigte sie ein. Der Sohn nahm von ihrem Gesicht ebenfalls eine Maske. Das Ehepaar sollte in der Skulptur wieder vereint werden.

Marc hielt mit dem Tippen inne, speicherte die Datei, seine Gedanken kehrten zu dem Moment zurück, als er die Töpferstube verlassen hatte. Er hatte sich die Skulptur an der Hausseite gründlicher angeschaut, die mittägliche Sonne hatte alle Konturen fein herausgearbeitet. An dieser Seite des Hauses führte eine alte

Holztreppe zu einem Seiteneingang in eine kleine Wohnung im Obergeschoss. In gut zwei Metern Höhe verlief ein gemauerter Sockel aus hervorspringenden roten Klinkersteinen und in der Mitte der Wand, etwa dort, wo der Treppenaufgang begann, war die Skulptur auf dem Sockel befestigt. Marc hatte bei Else gewisse Ähnlichkeiten zur Torso-Figur erkennen können, um einige Jahre gealtert, Friedel – August – sah beinahe aus wie eine Jesusfigur, grauer Vollbart, graue lange Haare, die seine Ohren fast vollständig bedeckten, eine friedliche Ausstrahlung. Er hielt seine frühere Frau im Arm, die Hand lag auf Elses Schulter, ein Rosengebinde zwischen ihnen.

Die Tochter hatte ihn trotz des Schnees noch nach draußen begleitet, beide hatten gleichzeitig zur Skulptur hochgeschaut und die alte Frau hatte ihn mit den Worten verabschiedet: „Die Hand ist nicht seine, das ist die meines Bruders, der die Skulptur angefertigt hat. Und schauen Sie mal genau hin, seine Augen sind geschlossen. Wir haben die beiden auf diese Weise nach seinem Tod wieder vereint."

Oktober 2013

Marc hatte seine Sammlung von Geschichten bzw. Erzählungen im Verlag ´Atelier im Bauernhaus` in Fischerhude veröffentlichen können. Die Lektorin hatte zunächst einige Bedenken angemeldet, aber der Inhaber des Verlags war von seinen Geschichten auf Anhieb begeistert gewesen. Insbesondere seine Geschichte ´Im Tod vereint` hatte es ihm als ´alten Achtundsechziger` angetan, vielleicht auch die Verbindungen der beiden Künstlerdörfer Fischerhude und Ahrenshoop. Heute Abend würde seine erste Lesung daraus stattfinden, natürlich in der kleinen zum Verlag gehörenden Buchhandlung in Fischerhude.

Marc war etwas aufgeregt. Er griff zum bereit stehenden Glas Wasser, nahm einen kleinen Schluck, schaute noch einmal in die Runde, er schätzte, es waren etwa vierzig Personen – überwiegend Frauen – gekommen und begann zu lesen. Am Ende der Lesung hatten sich sogar einige Nachfragen ergeben, insbesondere nach der Authentizität bestimmter Inhalte und inwiefern manches autobiografischen Hintergrund gehabt hatte.

Die Schlange der Anwesenden, die eine Signatur des Buches von ihm erbaten, war recht lang. Natürlich freute sich Marc über diesen ersten Erfolg. Eine weitere Frau bat um eine Signatur. Er blickte auf, er blickte in strahlend blaue Augen und dachte unmittelbar daran, dass es so August Brauer 1967 in seiner Töpferstube mit seiner Johanne ergangen sein musste.

„Alle Geschichten an die Oberfläche holen, aus den Ostfjorden und aus Keflavik, wie schlimm sie auch sein mögen, denn wenn wir uns nicht trauen, uns zu erinnern, uns zu stellen, wenn wir scheuen und zögern vor dem, was uns verletzt oder demütigt, dann sind wir erledigt. Oder mehr noch: Dann werden wir nie die Person, die zu werden wir geboren wurden."

(Jon Kalman Stefansson in „Fische haben keine Beine")

Der alte Mann am See

Die Sonnenstrahlen fielen durch das satte Grün der Blätter auf den Waldweg. Anne liebte die halbstündige Radtour am frühen Morgen zum See nach Eissel, am Friedhof in den Wald, den 'Brunnenweg` querend und dann am Rand der Dünen entlang, in Dauelsen am Sachsenhain vorbei und die letzten zwei Kilometer unter dem offenen Himmel der weiten Marschlandschaft.

Passenderweise hatte sie noch die Klaviertöne von 'en ny dag` im Kopf, ein Stück auf der ersten Solo-CD von Martin Tingvall, einer ihrer Lieblingspianisten. Wie war sie auf diesen ritualhaften Tagesbeginn gekommen? Sie erinnerte sich an eine Fotografie, fünf junge nackte Frauen, lachend, mit ihren Händen bildeten sie eine Kette am hohen Schilf entlang, Badende am Motzener See bei Berlin um 1919, die frühe Freikulturbewegung nach dem ersten Weltkrieg. Anne hatte diese Fotografie vor kurzem bei Recherchen zu ihrer Bachelorarbeit gefunden, darin beschäftigte sie sich mit der Frage, inwieweit die Lebensreformbewegung in Deutschland ab 1900 als Vorläufer der grün-alternativen Bewegung in der Bundesrepublik gelten könne.

Als sie die Fotografie sah, kam ihr sofort die Idee, in der Zeit der Ausarbeitung jeden Morgen zum Schwimmen zu fahren, ein kleines Müsli, ein kurzer Blick in die Lokalzeitung und dann los mit dem Rad. Später dann ausgeglichen und konzentriert am Schreibtisch, das klappte gut. Am See fühlte sie sich häufig in die Zeit der Lebensreform zurückversetzt, unglaublich, dass die Verdener Innenstadt nur fünf km entfernt lag. Hohe Bäume und Sträucher umsäumten den schmalen langgezogenen See, gaben an einzelnen Stellen den Blick auf die Felder frei, wenige Wohnhäuser auf der anderen Seite des Sees, kleine Bootsstege, vereinzelt Holzboote, ein alter Bauwagen mit hochgebockten Rädern, daneben der Mast mit dem Storchennest, gelegentlich mal ein Angler, Stille, allenfalls das Rauschen des Windes in den Blättern. Häufig hatte sie den See für sich allein. Nackt schwimmen und das Wasser überall an der Haut spüren, dabei fühlte sie sich den fünf Frauen aus dem vorigen Jahrhundert verbunden.

Nach den gar nicht sommerlichen Temperaturen in der Nacht war das Wasser heute sehr kalt. Die Morgensonne hatte nicht die Kraft, das Wasser in Gänze zu erwärmen. Lediglich eine dünne Schicht unter der Oberfläche war schon etwas wärmer, aber sobald Anne kräftige Schwimmstöße ausführte, brodelte eiskaltes Wasser an ihrem Körper hoch, die Haut prickelte. Sie liebte das sportliche Schwimmen, kraulte eine Strecke, bis sie außer Atem war. Dann drehte sie sich, kraulte mit weit ausholenden langsameren Armbewegungen auf dem Rücken und blickte in den weiten Himmel. Dabei verfiel sie häufig in kurze Tagträume, stellte sich zum Beispiel vor, sie sei gerade irgendwo in Finnland in einem See, ihr Freund Stefan würde in der gemütlichen Blockhütte schon mit dem Frühstück und der heiß aufgeschäumten Milch im Kaffee auf sie warten.

Plötzlich hörte sie eine dunkle, fast heisere Stimme hinter den Büschen eines angrenzenden Grundstücks, ein wütender Ausruf: „Hier wird nicht nackt geschwommen!" Vor Schreck drehte sich Anne schnell wieder auf den Bauch und schwamm zügig weiter. Nachdem sie an der Spitze des Sees umgekehrt war, versuchte sie auf dem Rückweg einen Blick durch die Büsche zu werfen. Doch der Alte hatte sich offenbar schon verzogen. „Warum hatte er so aggressiv reagiert, was war mit dem? Oder einfach nur ein Spießbürger?" Sogar als sie auf dem Rückweg schon durch den Stadtwald radelte, ging ihr diese Szene nicht aus dem Kopf.

Beim Abendessen mit Stefan fiel ihr dieser Vorfall erneut ein, sie holte das Foto mit den fünf nackt badenden Frauen, knallte es auf den Küchentisch. „Sieh mal, Stefan, das trauten sich die Frauen 1919 und fast ein Jahrhundert später soll ich nicht nackt im Eisseler See schwimmen dürfen, weil es einem Alten in der Nachbarschaft nicht gefällt? Gut, es war eine Minderheit damals, die erhöhten ihre Nacktheit als Ausdruck einer neuen Lebensweise, Lossagen von Zwängen,

Hinwendung zu naturnahem Leben abseits der industriell ausgerichteten Städte…" „He, du regst dich ja richtig auf", unterbrach Stefan sie. „Mach mal halblang! Wer weiß, welch Probleme der Alte mit sich schleppt. Oder er war wütend auf sich selbst, weil er es nicht sein lassen konnte, dir auf den Busen zu schielen." Stefans Augen senkten sich ebenfalls. „Du, ich möchte ernsthaft mit dir darüber reden", fuhr sie ihn daraufhin an, musste aber doch ein wenig lächeln. Ja, das mochte sie an Stefan, er konnte seine Aufmerksamkeit schnell wieder herstellen. So ergab sich noch ein längeres Gespräch über ihre Bachelorarbeit.

Stefan lenkte ihren Blick darauf, dass manche Gurus der damaligen Freikörperbewegung sehr `völkisch´ argumentiert und den Nazis damit durchaus auch den Boden bereitet hatten. „Du hast doch selbst in einem Abschnitt geschrieben, dass dieser Erste-Weltkriegs-offizier und Nudist Hans Suren in seiner Schrift ´Der Mensch und die Sonne` eine Körper-Elite durch ´Deutsche Gymnastik` erreichen wollte."

Diesen Aspekt wollte sie möglicherweise stärker beachten, auch wenn sie der Überzeugung war, dass die freiheitlichen alternativen Strömungen prägender waren. Es gab doch ebenfalls einen zahlenmäßig stark ausgeprägten sozialistischen Strang. Die Frauen am Motzener See gehörten vermutlich zu dieser Ausrichtung, denn dort hatte ein Alfred Koch in der Weimarer Zeit unter dem Motto `Wir sind nackt und nennen uns du´ einen FKK-Verein gegründet, der die ´Befreiung des geschundenen Arbeiterkörpers durch Heil- und Ausgleichssport` zum Ziel hatte. Anne lächelte Stefan an, er lächelte zurück, Anne sprach es aus: „Wollen wir nicht auch an diesem schönen Sommerabend oben auf dem Bett bei weit geöffneten Fenstern ein Licht- und Luftbad nehmen?"

Karsten blickte gedankenversunken auf den Eisseler See, in dem sich noch die Abendsonne spiegelte, vielleicht sollte er tatsächlich diesen ´Kruso` mal lesen. Es war lange her, dass er ein Buch in die Hand genommen hatte, das sich in irgendeiner Form mit der DDR beschäftigte. Früher ja, aber dann, nachdem – nein, daran wollte er jetzt nicht denken – da hatte er das Lesen solcher Bücher komplett eingestellt. Sein Nachbar hatte ihm den ´Kruso` zum 75. Geburtstag geschenkt und darauf hingewiesen, dass der Buchpreis gerade an dieses Werk vergeben worden war. Sein Nachbar kannte seine Geschichte nicht.

„Welcher Buchpreis auch immer", dachte Karsten. Doch der Klappentext hatte ihn neugierig gemacht. Edgar Bendler, Ed, als Abwäscher im ´Klausner` auf Hiddensee – der Insel, die die Schiffbrüchigen und auch die Intellektuellen der DDR anzog, Alexander Krusowitsch, `Kruso´, der eine besondere Gemeinschaft der Saisonarbeiter zu formen versuchte. Darüber hinaus die Geschichte einer außergewöhnlichen Freundschaft. Er konnte sich jedoch nicht richtig konzentrieren. Seine Gedanken schweiften ab, erst in die Vergangenheit – es war nun 27 Jahre her – plötzlich das Bild vom Vormittag.

„Was dachte sich dieses Mädel dabei, hier nackt herumzuschwimmen? Nicht genug, dass sie seit Wochen jeden Morgen auftauchte, nun auch noch das. Hier trugen doch alle Badesachen. Vielleicht würde sie ja nach seinem wütenden Ausruf ab morgen wenigstens einen Badeanzug anhaben. Die ruhige klassische Musik vom CD-Player ermöglichte es ihm allmählich dann doch, dass er sich dem Lesen zuwenden konnte. Es wurde für ihn spät an diesem Abend.

Ein Brief von den Eltern. Anne öffnete ihn ungeduldig, ein Foto purzelte heraus. Sie sah einen vielleicht 20 oder 25 Jahre jungen Mann in einer Gruppe Gleichaltriger. Er hielt eine Mandoline, die Gruppe wanderte über einen Hügel. Wer sollte das sein? Anne drehte das Foto, erkannte die Handschrift der Mutter, sie hatte auf der Rückseite vermerkt: „*Dein Urgroßvater bei den Wandervögeln um 1925.*" Im Brief dann eine Erklärung: „*Als wir neulich bei meiner Schwester zum Geburtstag waren, fragte sie nach deinem Studium und ob du wohl bald fertig würdest. Ich erzählte dann, dass du an deiner Abschlussarbeit sitzen würdest, auch etwas vom Thema der Arbeit. Da holte sie ein altes Album aus dem Wohnzimmerschrank und zeigte mir Fotos von unseren Großeltern. Opa Paul war bei den Wandervögeln und sie meinte, das müsste dich vermutlich interessieren.*" Soweit Anne wusste, war Paul kein Nationalsozialist geworden, hatte sich sogar in der Gewerkschaft für die Drucker und Schriftsetzer engagiert. Vielleicht konnte sie diesen Faden später wieder aufnehmen. Jetzt wollte sie jedoch unbedingt an ihrem Kapitel über den ´Monte Verità` weiter arbeiten.

Da gab es so viele Ansatzpunkte hinsichtlich der Verbindung zu den neuen sozialen Bewegungen. Damals, im Jahr 1900, hatten ökologisch und pazifistisch orientierte Aussteiger auf einem 3,5 ha großen Gelände am Hang des Monte Verità in der Schweiz eine Gemeinschaft von gleichberechtigten Genossen gegründet, um unter anderem ein Sanatorium nach vegetarischen Grundsätzen zu betreiben. Doch schon bald nach der Gründung gab es Streitereien, es gab ´Fundamentalisten` und ´Realos`. Die eine Gruppe lehnte technische Hilfsmittel ab, wollte in Zelten und Hütten nächtigen. Die bald alleinigen Eigentümer Henri Oedenkoven und Ida Hofmann, in ´freier Ehe` zusammenlebend, lehnten jedoch als strenge Vegetarier den Einsatz von Nutztieren vehement ab und setzten auf Fortschritte der Technik, auf Maschineneinsatz in der Landwirtschaft. Zum völligen Zerwürfnis kam es an der Frage, wie mit den Touristen, den Gaffern, umgegangen werden sollte. Die größte italienische Schifffahrtslinie auf dem Lago Maggiore bewarb den Besuch der Kolonie, besonders an Wochenenden überfluteten Besuchermassen den Hügel.

Oedenkoven war pragmatisch und sah darin eine Geldquelle, nahm zwei Franken Eintritt, stellte Postkarten von nackt arbeitenden Siedlern zum Verkauf. Daraufhin zogen sich die Fundamentalisten zurück und besiedelten ein anderes Gebiet in der Region. Dennoch kamen viele Intellektuelle zur Kur in das Sanatorium, unter ihnen Hermann Hesse, um etwas gegen seine depressiv-melancholischen Stimmungen und seinen starken Alkoholkonsum zu unternehmen, Erich Mühsam, der möglicherweise hoffte, hier Anhänger für seine anarchistischen Ansichten zu finden, August Bebel und andere Sozialdemokraten. Sogar die ´Käthe-Kruse-Puppen` wurden hier entworfen, als Käthe von ihrem Ehemann Max Kruse mit den beiden Kindern für einen Sommer hier abgesetzt wurde und nur sehr unregelmäßig Unterhalt von ihm bekam. Der Soziologe Max Weber genoss die Ruhe des Ortes, lehnte jedoch den ´Vegetarierfraß` entschieden ab. Sogar Lenin und Trotzki hatten die Kolonie besucht.

Sie hatte sich noch nicht entschieden, auf welche Aspekte sie sich in ihrer Arbeit konzentrieren wollte. Im Falle der Monte Verità-Kolonie sah sie zwei recht unterschiedliche Ansätze. Der Verrat der genossenschaftlichen Gründungsidee und die Auseinandersetzungen darüber oder doch eher die lebensreformerische Praxis mit den Licht- und Luftbädern, der Rohkostnahrung und den tänzerischen Ausdrucksformen unter freiem Himmel.

Am nächsten Morgen suchte Anne ihren Badeanzug. Sie hatte ihn tatsächlich lange nicht benutzt, er lag zerknüllt in der Schublade mit ihren Joggingsachen. Zögernd steckte sie ihn in ihre Badetasche. Nach dem langen Regen in der Nacht roch der Wald intensiv, feuchtes Moos, nasses Unterholz, benetzte grüne Blätter an den Bäumen. Anne sog die Luft tief ein. Das Bild der fünf nackt badenden Frauen tauchte wieder vor ihr auf. Sie hielten sich in einer langen Kette an den Händen, die erste stand schon bis zu den Knien im Wasser, zog die anderen, die in vorfreudiger Erwartung lachten. Nein, sie würde wieder nackt schwimmen, sollte der Alte doch denken, was er wollte. Dieses Gefühl würde sie sich nicht nehmen lassen. In der Nähe des Grundstücks des alten Mannes drehte sie sich in Bauchlage, ging zum Brustschwimmen über. Provozieren wollte sie ihn ja auch nicht, er sollte sie nur in Ruhe lassen. Doch heute war er anscheinend gar nicht zu Hause oder noch beim Frühstück, nichts regte sich hinter den Büschen. Anne ärgerte sich kurz, wie sehr der Alte ihre Gedanken beeinflusste, doch dann konnte sie sich wieder vollkommen dem Schwimmen widmen.

Beim Anblick der frühen Sonnenstrahlen fiel ihr ein, wie begeistert Stefan manchmal von seinen Rudertouren auf der Aller erzählte. Er hatte einen eigenen Bootshausschlüssel zum Vereinshaus des Rudervereins und konnte sich jederzeit alleine ein Boot nehmen. Er erzählte immer wieder begeistert vom Panorama auf der Aller, flussaufwärts hinter der Eisenbahnbrücke weitete sich die Landschaft. Und flussabwärts auf der rechten Seite die Altstadt mit den beinahe geduckt wirkenden alten Fischerhäusern, unter der kleinen Allerbrücke hindurch, auf der häufig Radler und Fußgänger passierten und dann auf der linken Seite die Pferde, die den Sommer auf den Allerwiesen verbringen durften. Bei diesen Gedanken hatte Anne kaum bemerkt, dass sie schon wieder am Ausgangspunkt ihrer Schwimmstrecke angekommen war. Sie trocknete sich rasch ab, zog sich den Trainingsanzug über und radelte wieder los.

Karsten wunderte sich über den Lichteinfall im Schlafzimmer, es musste später sein als sonst. Ein Blick zum Wecker, tatsächlich schon acht Uhr. Sonst wachte er nie nach sieben Uhr auf. Die Gedanken an ´Kruso` drängten sich in den Vordergrund, er hatte bis kurz nach Mitternacht gelesen. Wann hatte es das zuletzt gegeben? Er griff zum Nachttisch hinüber, suchte die Stelle, die ihm gestern die Tränen in die Augen getrieben hatte. „*Wenn Ed sich morgens aufsetzte in seinem Bett, sah er das Meer, das genügte für alles. Trotzdem trat dieses Glück nicht direkt mit ihm in Verbindung. Auf irgendeine Weise blieb es verschlossen… Es gab nur das goldene Licht…und dann, nach Sonnenuntergang, den langen Finger des Suchscheinwerfers, der über das Wasser tastete…. Tagsüber, bei guter Sicht, war Møn zu sehen, die Kreidefelsen von Møns Klint, die zum Königreich Dänemark gehörten.*" Wie viele hatten dort wohl versucht zu fliehen? Wie viele hatten dabei ihr Leben gelassen?

Als Karsten aufstand, um das Schlafzimmerfenster zu schließen, sah er das junge Mädchen wieder im See schwimmen. Wie damals Marie-Luise im Balaton oder im Kleinen Müggelsee in den wenigen Urlaubswochen, in denen sie sich hatten sehen können. Marie-Luise – das Wasser war an ihrer nassen Haut abgeperlt und er hatte meistens schon das Handtuch bereitgehalten. Ihr Lächeln, Grübchen bildeten sich um Augen und ihren kleinen Mund, spitzbübisch, hingebungsvoll. Und an den Abenden hatten sie sich geliebt als gäbe es kein morgen. Wie lebte dieses junge Mädel wohl? Hatte sie einen Freund? Eine eigene Familie sicherlich noch nicht. Warum kam sie jeden Morgen zum Schwimmen her?

Ach, das ging ihn doch nichts an. Er ging in die Küche, nahm den Kaffeefilter aus dem Schrank, der vertraute Geruch beim Öffnen der Dose mit dem gemahlenen Kaffee, das Zischen des Wasserkessels, die Geborgenheit des Alltags. Später würde er sich an seinen Flügel setzen. Und am Abend würde er sich wieder mit ´Kruso` beschäftigen.

Stefan kam spät nach Hause, nahm Anne in den Arm: „Es war so ein heißer Tag. Fährst du ausnahmsweise mit mir jetzt noch einmal zum Eisseler See? Ich brauche dringend eine Abkühlung." „Gut, aber lass uns vorher wenigstens eine Scheibe Brot essen, ich habe schon großen Hunger." Als sie am See ankamen, zeigte Anne auf das nahe stehende Haus. Innen brannte Licht, offenbar der enge Kegel einer Leselampe. Es sah gemütlich aus. „Dort wohnt er, dieser merkwürdige Alte!" Stefan bestand darauf, seine Badehose anzuziehen. „Ich will mich mit dem doch nicht auch noch anlegen", schmunzelte er.
Anne sah Stefan zu, wie er rasch untertauchte, einige kräftige Züge schwamm, sich dann zu ihr umdrehte und mit den Armen wedelte: „Komm rein!" Nach dem Schwimmen saßen sie auf der Bank, der einzigen, die bei der kleinen Badestelle vorhanden war. Die Köpfe aneinander gelegt blickten sie schweigend in den Himmel. Plötzlich hörten sie ein leises Rascheln im hohen Gras. Freundlich tapsend trottete ein großer altdeutscher Schäferhund auf sie zu und blieb direkt vor der Bank aufmerksam sitzen, die Ohren gespitzt. Im Haus des Alten ging die Tür auf. „Komm her, Leo, bei Fuß!" Doch Leo rührte sich nicht vom Fleck. Der Alte kam über die Wiese. „Leo, was ist denn los, wo

155

bist du denn?" Als er die beiden auf der Bank sah, stieß er kaum hörbar hervor: „Na wenigstens sind Sie jetzt angezogen!" Und verschwand mit seinem großen Schäferhund wieder in der einsetzenden Dunkelheit.

Karsten griff schon bald wieder zu seinem Buch. Die Gemeinschaft der vielen ´Esskaa`, die gesprochene Abkürzung für die Saisonkräfte, die auf Hiddensee in den Cafés, Restaurants und Hotels arbeiteten, faszinierte ihn. Er selbst war so vereinsamt, einsam geworden. Die ´Esskaa` trafen sich an den Wochenenden, feierten Weihnachten und Sonnenwendfeiern, Kruso schien so etwas wie der Anführer zu sein. Ed, der Protagonist, wurde von ihm in die Rituale eingeführt und in die Gesetze der Nächte, in denen Ed seine sexuelle Initiation erlebte. Ed philosophierte an vielen Stellen, eine traf Karsten sehr, ließ ihn in seinem Sessel fast zusammenzucken, er markierte sich die Stelle im Buch: *„Ed begriff, dass man das eigene Leben immerzu verteidigen musste, einerseits gegen das, was dauernd geschah, andererseits gegen sich selbst und die Lust, aufzugeben."*

Ja, so war es ihm nach dem Tod von Marie-Luise ergangen, unmittelbar und dann jahrelang. Er spürte, dass Tränen aufstiegen. So lange hatte er nicht mehr daran gedacht, nicht mehr daran denken wollen. Er warf das Buch auf das Sofa und ging zu Bett. Doch der Schlaf wollte nicht kommen. So viele Bilder, ihr zufälliges Zusammentreffen in Ostberlin, als er für einen Tag im ehemaligen Ostsektor herumbummelte, das zwangsumgetauschte restliche Geld im Restaurant ausgeben wollte und von ihr bedient wurde. Für ihn war es Liebe auf den ersten Blick. Und für sie wohl auch. Er kam am nächsten Tag schon wieder „rüber", von West- nach Ostberlin, sie trafen sich nach ihrem Dienstende am Alex, es fügte sich alles. Ein Vierteljahr später ihr erster Urlaub im Zelt am Balaton-See in Ungarn. Dahin konnte sie reisen. Als sie ihm ins Ohr flüsterte „so ein zärtlicher Liebhaber", gestand er, dass sie die erste Frau in seinem Leben war. Sie lachte auf, drückte sich fest an ihn. Er war gerade zweiundvierzig geworden. Und nach Marie-Luise hatte es auch nie wieder eine Frau in seinem Leben gegeben.

Anne hatte in den letzten Wochen gute Fortschritte in ihrer Arbeit gemacht. Dabei hatten ihr auch viele Diskussionen mit Stefan geholfen, teilweise abendelang bis in die Nacht. Stefan war politisch interessierter als sie, wusste manches über die Entwicklung der GRÜNEN seit der Gründung 1980, auch über die vermeintliche Basis der GRÜNEN in der Anti-Atombewegung und der Friedensbewegung. Er hatte offensichtlich teilweise richtig Spaß an den Diskussionen, nur gelegentlich maulte er plötzlich herum, ob es auch noch andere Themen in ihrer Beziehung gäbe. Spätestens dann wusste Anne, dass sie offenbar schon einige Abende ohne Zärtlichkeiten eingeschlafen waren.

Gestern Abend war Stefan eine Überraschung gelungen. Er hatte bei seinem Bioladeneinkauf einen ausliegenden Prospekt entdeckt, in dem ein ´Schwitzhütten-Wochenende – ein kraftvolles Reinigungs- und Heilungsritual für Körper, Geist und Seele` angekündigt war, im Seminarhaus ´Shiva Shakti` in Martfeld, etwa 25 km entfernt von Verden. Er hatte ihr den Flyer mit den Worten „Guck, deine Freunde sind nicht ausgestorben" in die Hand gedrückt, kurz darauf aber ernsthafter gefragt, ob diese Art den Lebensreformern wohl gefallen hätte.

Es war die Rede davon, dass gemeinsam eine Schwitzhütte gebaut werden solle, bestehend aus einem Gestell aus Weidenruten, mit Decken vollständig abgedeckt. Im Feuer würden Steine (Großväter, das älteste Volk) erhitzt, bis sie rot glühend ins Zentrum der Schwitzhütte gebracht würden. Dann ein Wasseraufguss, Hitze, Dunkelheit, Trommeln, traditionelle Lieder und Gebete. Die Zeremonie solle eine Rückverbindung mit der Natur, der eigenen Geschichte, den Ahnen und der persönlichen Vision ermöglichen. Man solle wieder eingehen in den Leib von Mutter Erde, um neu geboren zu werden.

„Oy, Oy, too much", hatte Anne gestöhnt und sich den Bauch vor Lachen gehalten. Erst einige Minuten später hatte sie Stefan erklären können, dass ihr das wie ein „esoterischer Gemischtwarenladen" erschiene. Sie hatten dann noch lange eng beieinander auf dem großen Sofa gelegen. Manchmal war es auch ganz ohne Reden schön miteinander. Und der Rotwein, den sie sich aus dem Urlaub im letzten Jahr aus der Toscana mitgebracht hatten, hatte auch geschmeckt.

Karsten haderte etwas: „Warum ausgerechnet dieses Buch, diese Geschichten von Hiddensee, diese Fluchtgedanken? Der Nachbar könne von seiner Lebensgeschichte wirklich nichts wissen, also purer Zufall." Karsten zweifelte, schwankte immer noch. Sollte er weiterlesen? Es wühlte so viele Erinnerungen auf, die er tief vergraben glaubte. Doch es trieb ihn Seite um Seite voran, und ab und zu musste er das Buch ablegen, die Gedanken machten sich selbständig.

Wie sehr hatten sie sich schon nach zwei Urlauben ihre gemeinsame Zukunft ausgemalt? Sollte sie einen Ausreiseantrag aus der DDR stellen? Ihr Vater war ein örtlicher Funktionär in der SED, würde es dann Probleme für ihn geben? Würde sie alle möglichen Sanktionen im Alltag zu spüren bekommen? Man kannte das hinlänglich. Die Zeit bis zur Bewilligung eines solchen Ausreiseantrages, wenn es denn überhaupt dazu kam, war beileibe kein Wunschkonzert. Doch andererseits die Träume, sich jeden Tag sehen zu können, den Alltag gemeinsam zu erleben und vielleicht noch eine Familie zu gründen. Schließlich war sie erst fünfunddreißig. Sie war nicht versessen auf den westlichen Lebensstil, sie war es gewohnt, mit kleinen Dingen im Alltag zufrieden zu sein. Aber sie war „versessen" auf Karsten. Wie lang war beiden immer die Zeit vorgekommen, bis sie sich endlich wieder in den Armen liegen konnten. Träume von der gemeinsamen Zukunft. Und dann war die Idee der Flucht entstanden.

Unglückseligerweise hatte Karsten auch noch auf den letzten Seiten des ´Kruso-Buches` den Epilog entdeckt, stieß dort auf die Erwähnung eines anderen Buches mit dem Titel ´Über die Ostsee in die Freiheit. Dramatische Fluchtgeschichten`. Darin erzählte ein dänischer Hafenmeister von ostdeutschen Flüchtlingen, die auf Møn gelandet waren: „Zerbrochene Jollen, zertrümmerte Faltboote ohne Besatzung. Von den Toten, die es vor Klintholm angeschwemmt hatte oder die in den Grundschleppnetzen der dänischen Fischer aus dem Wasser gezogen worden waren über die Jahre. Eine Statistik verzeichnete über 5600 Flüchtlinge, 913 davon erfolgreich, 4522 Festnahmen und mindestens 174 Todesopfer seit 1961, angeschwemmt zwischen Fehmarn, Rügen und Dänemark."

Warum hatte es Marie-Luise nicht geschafft? Warum endete ihre Flucht damals tödlich am Grenzzaun? Ihre gemeinsame große Liebe hätte es doch verdient gehabt.

Die Bilder der Trauerfeier 1987 kamen immer deutlicher hervor. Die Einreise in die DDR war damals schwierig gewesen, doch Karsten hatte die Formalitäten dafür erledigen können. Die Eltern von Marie-Luise hatten ihn mit Verachtung gestraft, ihre beinahe 10 Jahre jüngere Schwester ihm sogar vor die Füße gespuckt. Niemand hatte mit ihm gesprochen. Sie hatten ihn schuldig gesprochen. Schließlich hätte es ohne ihn keinen Fluchtversuch gegeben.

Doch dann kamen bei Karsten auch endlich wieder die schönen Bilder, auch die hatte er so lange verdrängt. Marie-Luise auf der Wiese mit Grashalm im Mund, ihn anlächelnd, ihre Augen, deren Blick ihn ihr auslieferten. Marie-Luise beim Tanzen, sich eng an ihn schmiegend. Marie-Luise, albern kichernd, wenn die Kugel Eis an der Waffel entlang tropfte und sie mit der Zunge wieder mal nicht schnell genug war. Marie-Luise auf dem Hotelbett, den Blick gebannt auf den Fernseher gerichtet und plötzlich zu ihm herüberblickend. Marie-Luise, wie sie aus der Dusche kam, mit einem Frotteetuch ummantelt und es plötzlich fallen ließ.

Anne sah beim Schwimmen den Alten oben am Fenster. Doch er schaute nur versonnen hinaus, zeigte keine Reaktion auf ihre Anwesenheit. Hatte er sich vielleicht an sie und an ihre Art des Schwimmens ohne Badeanzug gewöhnt? Als sie nach Hause radeln wollte, bemerkte sie, dass der hintere Reifen platt war. Das war ihr schon lange nicht mehr passiert. „So ein Mist", schoss es ihr durch den Kopf. Eine Luftpumpe oder gar Flickzeug hatte sie natürlich nicht dabei. Sie seufzte kurz auf und schob dann mit dem Rad los. Es würde ein weiter Weg werden. Stefan arbeitete, wen sollte sie sonst herbeirufen?

Als sie nach etwa einer halben Stunde auf dem Radweg schiebend den Ortseingang von Verden erreicht hatte, sah sie, dass ein Auto wendete, ein Passat-Kombi. Sie kannte niemanden mit einem schwarzen Passat-Kombi. Er hielt neben ihr, die spiegelnde Scheibe wurde heruntergelassen und sie blickte in das Gesicht des Alten. „Wie weit müssen Sie denn noch?", fragte er und bot an, das Rad hinten in den Kombi zu laden und sie nach Hause zu bringen. Anne war sehr verblüfft über dieses Hilfeangebot, nahm es aber gerne an. Zum Glück wusste sie nicht, wie sehr Karsten mit sich gehadert hatte, als er sie gesehen hatte. Anhalten, Fragen, Vorbeifahren? Was hatte er mit ihr zu tun? Und in irgendeiner Weise erinnerte sie ihn an Marie-Luise. War es nur das unbekümmerte Nacktschwimmen? Ansonsten hatte er sie ja kaum wahrgenommen.

161

Zunächst blieben beide während der Fahrt schweigsam. Glücklicherweise lief das Autoradio, er hörte anscheinend ´Deutschlandfunk Kultur` gerne. Sie erklärte ihm den Weg und fing dann zaghaft von sich an zu erzählen, von ihrer Arbeit und der Freude, jeden Morgen vor der Schreibtischarbeit zum Schwimmen zu fahren. Er sagte kaum etwas, fragte auch nicht nach, hörte aber aufmerksam zu. Zu Hause angekommen, bedankte sich Anne mit einem Lächeln und gab ihm zum Abschied die Hand. Stefan würde am Abend staunen.

Als Anne am nächsten Morgen aufwachte, fiel ihr ein, dass sie zunächst erstmal das Rad flicken musste. Da dann der Vormittag ohnehin schon angegriffen wäre, entschied sie, als Dank für den Alten einen Kuchen zu backen. Es waren noch viele Erdbeeren an den Pflanzen im Garten. Wie würde der Alte das aufnehmen? Ein wenig mürrisch hatte er die Fahrt über gewirkt oder war er nur Gespräche mit fremden Personen nicht mehr gewohnt?

Als sie am Nachmittag vor seiner Tür stand, wagte sie es kaum, den Klingelknopf zu drücken. `Wagner´ stand auf dem Briefkastenschild. Der Schäferhund schlug kurz an und wurde im Inneren des Hauses zurückgerufen. Anne versuchte es wieder mit ihrem Lächeln und der alte Mann bat sie tatsächlich herein. Er wirkte allerdings sichtlich überrascht und blickte erstaunt auf den Kuchen. Das Haus wirkte sehr gemütlich, ein alter ´Bechstein`-Flügel stand in dem großen Raum, der anscheinend sein Wohnzimmer darstellte. Einige Bilder an den Wänden.

„Dann sollte ich jetzt wohl einen Tee oder Kaffee dazu anbieten", vernahm sie die Stimme des Alten. Anne wusste nicht so recht, ob das nun eine Einladung sein sollte. „Haben Sie denn heute schreibtischfreie Zeit am Nachmittag?", schob er hinterher, das schien ihr dann doch ein Angebot, für einen Moment zu bleiben.

Anne hätte sich nicht vorstellen können, dass es beinahe eine Stunde werden würde. Es hatte sich ein Gespräch ergeben und irgendwann hatte sie sich sogar getraut, nach seinen Lebensverhältnissen zu fragen. Sehr zögernd hatte er begonnen und auch bald wieder abgeblockt. Anne erfuhr jedoch, dass er nun schon über dreißig Jahre allein in diesem Haus lebte. Auf dem Rückweg ging ihr der Alte nicht aus dem Kopf. Ob er mal eine Frau gehabt hatte, war er verheiratet, Witwer, hatte er Kinder? Morgens hatte er offensichtlich nie Besuch, jedenfalls nicht in den letzten beiden Monaten. Außer dem Schäferhund und dem Alten hatte sie beim Schwimmen nie jemanden auf dem Grundstück gesehen.

Etwa zur gleichen Zeit saß die 26-jährige Lou in Berlin-Friedrichshain in ihrem ehemaligen Kinderzimmer, das sich ihre Mutter schon länger als Arbeitszimmer hergerichtet hatte, am PC und googelte. Sie hatte `Werden´ und danach `Verden´ eingegeben, weil sie die Handschrift nicht eindeutig lesen konnte, die Zeit hatte ihr Übriges dazu beigetragen, dass der Schriftzug auf der Rückseite des Fotos nicht mehr gut lesbar war. Lou hatte das Foto in einem Karton im Keller gefunden, als sie ihre alten Kindersachen aufräumen bzw. aussortieren wollte. Ganz offensichtlich hatte schon lange niemand diesen Karton angerührt, eine kleine Staubschicht zeugte davon. Der Karton trug im Gegensatz zu manch einem anderen in diesem Regal auch keine Aufschrift.

Lou hatte darin Unterlagen und Fotos ihrer Tante Marie-Luise gefunden. Eines hatte sie mit einem Mann am Kleinen Müggelsee in Ostberlin gezeigt. Beide hatten sehr glücklich gewirkt und in die Kamera gelächelt. Hatte das ihre Mutter aufgenommen oder ein Freund der beiden? Auf der Rückseite des Fotos hatte Lou den handschriftlichen Vermerk entdeckt. *„Karsten Wagener oder Wagner"*, las sie sich leise vor, darunter eine Adresse *„Seekante 12, 2810 Werden-Eissel oder Verden-Eissel"* und die vier Worte *„In Liebe, Dein Karsten".* Lou seufzte auf, bedauerte wieder einmal, dass sie ihre Tante hatte nicht kennenlernen können. Sie war zwei Jahre vor ihrer Geburt gestorben. Ein schrecklicher Verkehrsunfall, hatte ihre Mutter erzählt und gesagt, dass sie darüber nicht sprechen könne. Es wäre zu schmerzhaft. Sie hatte Lou jedoch vor langer Zeit erzählt, dass die Wahl ihres Namens eine gewisse Erinnerung an ihre Schwester Marie-Luise sein sollte. Was hatte Marie-Luise mit diesem Karsten zu tun? Von einem Freund, der offensichtlich aus Westdeutschland stammte, war nie die Rede gewesen.

Die Google-Suche ging schnell, Verden bei Bremen, das waren an die 350 km, eine gute Eisenbahnverbindung von Berlin über Hannover nach Verden. Sie hatte ihre letzten Semesterferien, bevor sie die Assistenzarztstelle an der Charité in Berlin antreten würde. Ihre

Mutter würde wahrscheinich wieder nichts sagen, wahrscheinlich sogar heftig reagieren, wenn sie sie nach diesem Foto fragte. Sie musste von diesem Ausflug nach Verden ja erstmal nichts erzählen.

Schon am Tag darauf saß Lou im Zug nach Verden. Sie würde sich dort ein Hotel suchen und am nächsten Tag dann die Adresse in Eissel aufsuchen.

Der Besuch war nun schon etwas her, Karsten hatte aber noch einige Stücke von dem wirklich leckeren Erdbeerkuchen übrig behalten. Er machte sich einen schwarzen Tee, eine Ostfriesenmischung, zu der er noch etwas Earl Grey hinzugemischt hatte, setzte sich dann an den Tisch in der Stube. Leo legte sich zufrieden unter den Tisch vor seine Füße. Beim Blick auf den Erdbeerkuchen dachte er an das Mädchen, `Anne´ hatte sie schlicht gesagt, als sie ihm die Hand gegeben hatte. Ja, sie hatte etwas von Marie-Luise. Natürlich nicht im erblichen Sinne. Einzelne Gesten, ihre offene Gesprächsführung, das unbefangene Lächeln. Wäre eine gemeinsame Tochter so geworden? Solche Gedanken hatte er sich in den letzten beiden Jahrzehnten nie zugestanden, doch jetzt mochte er sie nicht mehr verdrängen. Ja, ja, wie gerne hätte er Kinder gehabt, Kinder von Marie-Luise. Er hätte sie über alles geliebt. Er schluckte, konnte ein Weinen nicht verhindern. Nein, in diesem Alter wollte und würde er sich dem so schlimmen Verlust endlich stellen.

Lou hatte sich gleich nach dem Frühstück im Hotel ein Rad geliehen und den Weg nach Eissel erfragt. Es waren nur fünf oder sechs Kilometer und sie hatte große

Lust, endlich mal wieder Fahrrad zu fahren. Als sie gegen zehn Uhr beim Ortschaftsschild vom Radweg in die kleine Nebenstraße einbog, dachte sie, dass die Straße ´Seekante` wohl einfach zu finden sein müsse. Als erstes sah sie den See und die ´Seekante` fing ebenfalls dort an, verlief parallel zum Ufer. Einen Moment noch am See sitzen und sich sammeln? Sie sah eine kleine Bank. Wie sollte sie das Gespräch mit dem unbekannten Mann beginnen?

In dem Moment kam eine junge Frau auf sie zu geschwommen, stieg aus dem Wasser und trocknete sich unbekümmert ab, guckte freundlich zu ihr herüber. „Hi, auch eine Runde schwimmen? Ich heiße übrigens Anne." Lou konnte sich hinterher auch nicht erklären, warum sie dieser Anne spontan so vertraut, warum sie ihr von ihrem Unterfangen erzählt hatte. Und dann hatte sich herausgestellt, dass Anne diesen Alten kannte. Sie hatte sich spontan angeboten, Lou zu dem Haus zu begleiten. Und er war natürlich vollkommen überrascht – Anne und noch ein Mädchen, was hatte das zu bedeuten? – dann aber beide hineingebeten. Sie saßen lange zusammen.

Am Abend stellte Anne eine Kerze auf den Tisch. Sie hatte einen Eisberg-Salat mit Tomaten, Thunfisch und Ei vorbereitet, einige Scheiben Roggenbrot, Butter und Käse hinzugestellt, eine Flasche Rotwein geöffnet. Hoffentlich würde Stefan bald kommen. Als sie den Schlüssel im Türschloss hörte, sprang sie hoch. Sie konnte es kaum erwarten, Stefan von den Abläufen am Vormittag zu erzählen, von dieser ´irren Geschichte´, wie sie es nannte, von der großen Liebe, von dem missglückten Fluchtversuch Marie-Luises, dem schrecklichen Tod im Grenzstreifen bei Lüchow. Drei Jahre später kam die Wende, die Wiedervereinigung, und sie hätte einfach zu ihm ziehen können, Kinder kriegen, eine Familie gründen. Wer aber hätte das zu dem Zeitpunkt vorhergesehen? Und sie erzählte von dem Verschweigen und Verdrängen auf beiden Seiten: „Du glaubst es nicht! Lou hat nie erfahren, dass ihre Tante Marie-Luise bei der Flucht von Grenzsoldaten erschossen wurde. Stattdessen hatte sie von einem Verkehrsunfall gesprochen. Unglaublich!" Stefan kam aus dem Staunen nicht heraus: „Welch Dramatik in dem Leben des Alten!", rief er aus. Es wurde ein langer Abend.

Und sehr spät hatte Anne noch den Mut gefunden, ihr Gespräch auf die Frage zu lenken, ob sie eines Tages gemeinsame Kinder haben wollen würden, möglicherweise sogar schon nach Abschluss ihrer Bachelorarbeit. Stefan hatte daraufhin mit einem lieben zustimmenden Lächeln reagiert und sie fest in die Arme genommen.

Drei Tage später fand Anne eine Karte in ihrem Briefkasten, mit einem Blumenmotiv versehen. *„Anne, Sie wissen vielleicht gar nicht warum, aber ich glaube, ich habe Ihnen zu danken. Viele Grüße, Karsten Wagner aus Eissel"*

Anne murmelte leise mit einem Lächeln im Gesicht: „Danke gleichfalls!"

„Eine Familie ist wie ein dunkler Wald."

Altes russisches Sprichwort

Vielleicht kann man etwas Licht hineinbringen?

Die Mutter

10. September 1950, Verden

Sie hatte Hannelore, ihre beste Freundin, angefleht: „Du musst mir helfen!" Es vergingen quälende Tage, dann hatte Hannelore eingewilligt. Nun war es soweit. Sie hatte sich gründlich gewaschen, das Bett mit altem Papier ausgeschlagen, so würden sie die Spuren einfacher beseitigen können. „Sollen wir wirklich...?" fragte Hannelore mit belegter Stimme, Ingrid nickte nur mit dem Kopf. Sie lag beinahe apathisch auf dem Bett. Hannelore hielt die Stricknadel in der rechten Hand, schob sie vorsichtig in den Unterleib, Ingrid zuckte beim metallisch kalten Eindringen zusammen. „Du musst ruhig liegenbleiben!", kam das Kommando der nun entschlossenen Freundin. Sie stach zweimal zu, als sie den Fetus, das kleine Wesen, erspürte. Dann versagten ihre Kräfte. Sie zog die Nadel schnell wieder heraus. Beide fingen an zu weinen und hielten sich in den Armen. Es kam allerdings kaum Blut. Und auch in den Tagen danach nichts, kein Abort.

10. März 1951

Die Sonne kam erstmals mit einiger Kraft heraus und Ingrid brauchte in dem weißen Brautkleid vor dem

Standesamt kaum zu frieren. Der dicke Bauch war auffällig, die Schwangerschaft ließ sich schon seit einiger Zeit nicht mehr verheimlichen, auch wenn sie sich anfangs fest geschnürt hatte. Der Eingriff der Freundin ein halbes Jahr zuvor war vergeblich. Nach dem Ausspruch der Schwiegermutter zur Schwangerschaft — „mein Sohn tut so etwas nicht" – hatte sie sich geschworen, nicht in diese Familie einzuheiraten. Aber sie sah letztlich keinen Ausweg, wie sollte sie schwanger und ohne abgeschlossene Berufsausbildung alleine klarkommen? Und Georg, seit dem heutigen Tag nun ihr Ehemann, war durchaus gut anzusehen. Tanzen und Feiern ging gut zusammen. Der Rest würde sich hoffentlich noch finden.

Am 17. April 1951 wurde das Kind, Marie, mit schweren Behinderungen geboren. Die Sterbeurkunde für Marie wurde etwa ein halbes Jahr später, am 24. Oktober, unter der Nummer 4103 vom Standesamt Bremen-Mitte ausgefüllt. Der allergrößte Teil dieses kurzen Lebens verlief im Krankenhaus ´St. Jürgen` in Bremen.

11. Februar 2000

Ulrich öffnete den Briefkasten und nahm einen Brief heraus. Neben die ehemalige Adresse seiner Mutter war seine hinzugesetzt worden. Auf der Rückseite las er eine ihm nicht bekannte Absenderin aus Bochum. Ulrich wunderte sich zwar, wollte den Brief dann aber einfach beim nächsten Besuch der Mutter im Heim überreichen. „Aber würde sie ihn in ihrem Krankheitszustand überhaupt lesen?" Er hatte große Zweifel daran. Seine Neugierde wuchs – Bochum, dort war doch seine Mutter geboren. Nach Verden war sie erst im Alter von 20 Jahren gezogen. Kurzentschlossen öffnete er den Umschlag:

„Liebe Ingrid,
es war einmal... Das ist kein Märchen, es ist nur lange her. Deine Jugendfreundin Ilse Magert (nun Ambros) meldet sich wieder. Vor ca. 60 Jahren hat uns unsere gemeinsame Klassenlehrerin Rekittke unter 48 Mädchen `auserwählt´. Erinnerst du dich? Wir begannen am 1. Dezember 1940 das Musterungslager in Meschede und hatten Glück – bestanden! Dadurch kamen wir am 16. Juni 1941 nach Honnef ins Lehrerbildungsinternat. Eines der ersten Fotos klebt oben, erinnerst du dich daran? Ich stehe in der Mitte. Ich hab mich kaum verändert, lediglich 60 Jahre älter und einen Zentner schwerer, die „große Klappe" ist geblieben. Mein Sohn sagt häufig zu mir: „Mama, jeder Mensch hat nur eine bestimmte Redekapazität im Leben – und du hast schon für drei Leben weg!" Er ist 50, schon weißhaarig, kümmert sich rührend um mich.

Der Honnefer Kreis, jedenfalls die, die in der Nähe wohnen, trifft sich mittlerweile monatlich. Ich lege dir ein Bild vom ersten Klassentreffen in diesem Jahrtausend bei, von links: Leitloff, dann ich, Mohrchen Henke, Erika Janzik, Rhöde, Zarah, Ulla, und Knuffi. Wie geht es dir? Wir sprechen viel von euch Auswärtigen, ihr fehlt uns. Zur besseren Erinnerung lege ich noch zwei Kopien bei, denn du hast deine Unterlagen von damals vielleicht gar nicht mehr. Steht halt nur mein Name statt deiner drin.

Ganz liebe Grüße von deiner Ille."

Ulrich betrachtete lange die beigelegten Fotos. Er erkannte seine Mutter auf vielen Bildern, einmal mit langen Zöpfen als „Jungmädel" in ´B.D.M.`-Tracht, das Abzeichen mit dem Hakenkreuz am linken Oberarm angenäht. Auf vielen Fotos schien sie fröhlich, so hatte er seine Mutter selten erlebt. Oder hatte sie dort im geschützten Raum des Internats versucht, alles zu verdrängen? Sie hatte tatsächlich gelegentlich von der Honnefer Zeit geschwärmt – ihrer Pubertätszeit. Und nun war seine Mutter nicht mehr in der Lage zu antworten, dazu fesselten sie ihre Depressionen zu sehr. Ulrich überlegte sich, dass er den Brief beantworten würde. Über diesen Kontakt würde er vermutlich mehr über die Jugend seiner Mutter erfahren können. Verblüfft las er nun die beigelegten Kopien:

Der Regierungs-Präsident
Arnsberg, den 7. Januar 1941

An die Schülerin-Jungmaid Ilse Magert
Nach dem Ergebnis Deiner Prüfung in dem Musterungslager bist Du zu Ostern 1941 für den Besuch eines staatlichen Aufbaulehrganges zur Vorbereitung auf das Studium an Hochschulen für Lehrer(-innen)-bildung in Aussicht genommen. Weitere Nachricht wirst Du später erhalten, sobald der Herr Minister die endgültige Entscheidung über Deine Einberufung getroffen hat.

Das weitere Schreiben datierte auf den 9. Juni 1941.

Einberufungsschreiben
Hiermit wirst Du für den 16. Juni 1941 in die Lehrer(innen)bildungsanstalt in Honnef einberufen. Du

hast die Fahrt nach Honnef so rechtzeitig anzutreten, daß Du dich am 16. Juni 1941 spätestens um 18 Uhr bei dem Schulführer der Anstalt melden kannst. Die in dem bereits übersandten Verzeichnis aufgeführten Ausrüstungs- und Bekleidungsstücke sind – soweit vorhanden- mitzunehmen. Außerdem hast Du noch mitzubringen:

1. Polizeiliche Abmeldebescheinigung

2. Reichskleiderkarte nebst Zusatzkarte und Reichsseifenkarte

3. Alle Lebensmittelkarten

Ulrichs Blick flog über die Zeilen. Vielleicht erklärte sich aus diesem Kontakt manches für ihn kaum Fassbare. Die Kopie enthielt eine echte Überraschung für ihn. Seine Mutter hatte nur immer von einem Internat gesprochen, sie hatte aber Lehrerin werden wollen. Woran mochte das gescheitert sein?

16. Juni 1955

Ingrid rief laut nach der Schwiegermutter. Wegen der großen Wohnraumprobleme wohnten Georg und sie immer noch im Haus der Schwiegereltern. „Ruf die Hebamme, es ist zwar noch viel zu früh, aber es geht los." Ulrich wurde ein Siebenmonatskind, dafür schien er recht kräftig. Die Hebamme hatte aufmunternde Worte parat, doch seine Mutter rief spontan aus: „Den gucke ich mir erst gar nicht an, der stirbt ja auch." Ulrich wurde umgehend in das ´St. Jürgen`-Krankenhaus nach Bremen transportiert. Für den Brutkasten war er schon zu groß. Und für das Schicksal der Schwester ebenfalls nicht bestimmt. Georg war auf der Arbeit benachrichtigt worden, kam aber erst zuhause an, als sein Sohn bereits im Krankenwagen auf dem Weg nach Bremen war. Wenigstens er hatte Tränen der Rührung im Auge.

14. Februar 2000

Ulrich legte sich eine CD mit klassischer Klaviermusik ein, Klaviersonaten von Chopin. Er suchte sich einen schön schreibenden Stift heraus, legte ein Linienblatt unter das weiße Papier, Ille, die Jugendfreundin seiner Mutter, sollte einen sorgfältig geschriebenen Brief erhalten.

„Hallo liebe Ille,

wundere dich bitte nicht darüber, dass du nun einen Brief von mir bekommst. Und ich wähle diese vertraute Form der Anrede im Sinne meiner Mutter, die nicht mehr in der Lage ist, selbst zu antworten. So übernehme ich das nun für sie. Ich will dir nicht viel vormachen, sie ist sehr krank. Sie hat so starke Depressionen, dass sie auch an deinem so lieben Brief wenig Anteil nahm, als ich ihn ihr zeigte. Sie ist schon seit einigen Jahren als Pflegefall im Altenheim in Verden. Umso mehr hat mich dein Brief berührt, denn ich weiß recht wenig über die Jugend meiner Mutter. Sie war da schweigsam, ach nein, sie verdrängte eigentlich alles. Leider hat sie mittlerweile sogar das Interesse an den Enkelkindern weitgehend verloren und die waren mal ihr ein und alles. Da konnte sie all die Liebe und Zuneigung ausdrücken, die in ihr steckt. Du hast sie sicher als fröhliches junges Mädchen erlebt und ich bitte dich, mir davon gelegentlich in einem Brief zu erzählen. Das wäre für mich wertvoll.

Das kannst du bestimmt nachvollziehen, wenn ich dir von meinem gestrigen Besuch im Heim erzähle: Als ich in ihr Zimmer kam, lag sie angezogen auf dem Bett, zur Wand gedreht, kein Radio, nichts. Sie lag einfach nur dort. Ein schiefes Lächeln – immerhin versuchte sie es – und ein schlichtes „Hallo". Wie üblich sind wir dann auf den Gang raus, dort gibt es eine kleine Rauchersitzecke. Auch das Rauchen gelingt ihr nur mit zittrigen Händen und fahrigen Bewegungen, die Asche landet meistens neben dem Aschenbecher. Ein richtiges Gespräch ist nicht möglich, ich kann eigentlich nur nach dem Mittagessen fragen, ob es ihr denn geschmeckt hätte. Früher wollte sie immer alles von den Enkelkindern wissen. Wenn ich jetzt anfange, etwas von ihnen zu erzählen, gleitet ihr Blick ins Nichts.

Und auf dem Nachhauseweg quält mich dann manchmal die Frage, wenn ich mich häufiger kümmern würde, würde es ihr dann besser gehen? Aber alles, was ich über diese schreckliche Krankheit weiß, lässt diese Hoffnung real nicht aufkommen. Sie gilt als `austherapiert´, abgeschrieben könnte man wohl besser sagen!

Ich hoffe, dein Gesundheitszustand ist besser als der meiner Mutter, aber nach deinen Zeilen zu urteilen, besteht da wohl kein Anlass zur Sorge.
Viele Grüße,

Ulrich, Ingrids Sohn."

Nachdem er den Brief in den Umschlag gesteckt und mit einer Marke frankiert hatte, legte er ihn beiseite. Morgen früh würde er ihn einstecken. Er machte sich eine Flasche Mineralwasser auf, legte eine andere CD ein, blieb aber bei Klassik. Lange saß er im Sessel, dachte nach. Seine Mutter schien anscheinend ihre beste Lebensphase nach der Geburt der Enkelkinder gehabt zu haben. Das `Sich-um-andere-Menschen-Kümmern` lag ihr sehr. Deshalb übernahm sie gerne die Pflege bei der an ´Multipler Sklerose` erkrankten Frau Bessert, sie hatte überwiegend die Nachtdienste übernommen. Frau Bessert hatte ihr immer mehr Aufgaben anvertraut, so dass sie teilweise tagsüber für sie Besorgungen und andere Geschäfte erledigte. So hatte sie nun endlich eine Aufgabe gehabt, ein eigenes – wenn auch bescheidenes – Einkommen und war nicht mehr so von ihrem Mann abhängig. Das Geld war ohnehin knapp, häufig ein Streitpunkt in der Ehe.

21. Februar 2000

Schon bald kam die Antwort auf Ulrichs letzten Brief an Ille.

„Lieber Ulrich,
was hat Ingrid doch offensichtlich für einen netten Sohn (kein Widerspruch!). Du hast einige Fragen gestellt. Mein Zustand ist nicht beneidenswert, seit letztem Jahr bin ich gewindelt, ist meine Zukunft –meine Vergangenheit. Jede aus dem Honnefer Kreis hat so ihre Wehwehchen, wer stirbt schon gerne gesund?

Ja, in unserer Jugend haben Ingrid und ich uns vieles gegenseitig anvertraut. Wir kannten unser Bochumer Umfeld genau, jede Eisdiele und jede Selterbude. Selbst in den Ferien flanierten wir gemeinsam durch die Stadt. Wir stritten uns auch manchmal. Natürlich hatte ich immer Recht! Ingrid wagte ja ohnehin selten zu widersprechen.

Das Leben hat uns nach dem Krieg getrennt, doch Honnef hat uns alle geprägt. Gerade dort gaben Ingrid und ich uns gegenseitig Halt. Ich habe deine Mutter nur ein einziges Mal weinen sehen, die traurige Geschichte kennst du aber sicherlich aus deiner Familie. Da erzählte sie mir eines Abends, wie sie ihre Mutter in der Küche liegend gefunden hatte, der Backofen strahlte immer noch Gas aus, der Arzt konnte später nur noch den Tod feststellen.

Ulrich traute seinen Augen nicht, es hatte immer geheißen, die Mutter seiner Mutter sei an einer Herzerkrankung gestorben, von Selbstmord war nie die Rede, war sie vorher denn krank gewesen?

Aber so etwas ist ja auch schrecklich, deine Mutter hat dann nie wieder darüber gesprochen. Sie war meistens sehr fröhlich oder zumindest erschien es mir damals so. Ich lege einige Fotos bei, du siehst, welch schönes Lächeln deine Mutter hatte...

Ulrich schaute lange auf das Foto, solche Bilder gab es in der Familie nicht.

...und ein hübscher „Backfisch", so hieß das in unserer Zeit. Heute nennt man das wohl Teenager, früher waren Fremdwörter verpönt. Ulrich, ich hoffe, du glaubst nicht, dass ich die schreckliche NS-Herrschaft in irgendeiner Weise rechtfertige oder idealisiere. Aber wir hatten damals nur offene Augen für das Unmittelbare um uns herum, hatten genug mit unseren pubertären Gedanken zu tun. Und unsere Honnefer Zeit gab uns eine gewisse Geborgenheit im Internatsleben.

So, nun wird mein Essen gebracht und ich muss aufhören. Wir können gerne in Kontakt bleiben, solange es mir noch vergönnt ist.

Es grüßt dich Ille.

PS: Und trotz allem bitte auch liebe Grüße von allen Honnefern an deine Mutter!"

Juli 1955

Georg und Ingrid lösten am Fahrkartenschalter Hin- und Rückfahrt nach Bremen. Jeden Sonntag fuhren sie zusammen zum Krankenhaus, erfreuten sich an ihrem ´kleinen Sonnenschein`. Ulrich gedieh den Umständen entsprechend prächtig, bald würden sie ihn nach Hause holen können. Sie würden eine eigene größere Wohnung suchen, weg von den Schwiegereltern bzw. Eltern und zusammen einen Neubeginn wagen. Danach hatte es schon lange nicht mehr ausgesehen.

Die Belastung durch den Tod der Tochter, dann eine außereheliche Affäre von Ingrid, die Ehe schien gescheitert. Bis sie nach einer langen Feier beim Verdener Schützenverein doch noch einmal miteinander schliefen und Ingrid wieder schwanger wurde.

Juli 1960

Georgs Vater schüttelte energisch mit dem Kopf, schrie seinen Sohn an: „Das kann doch nicht wahr sein! Was hast du dir denn dabei gedacht?" Georg hatte nach Abschluss seiner kaufmännischen Lehre die Buchführung in der örtlichen Genossenschaft vollkommen eigenständig übernommen, sein Vater als Geschäftsführer vor Ort hatte ihm die Stelle vermitteln können. „Georg, ich habe dir selbstverständlich voll vertraut. Wofür in aller Welt hast du jeweils das Geld aus der Kasse genommen? Dein Gehalt ist doch ganz anständig." Georg antwortete, den Kopf auf die Knie gesenkt: „Vater, du weißt doch, dass Ingrid und ich immer im Schützenverein ordentlich feiern gehen. Das mögen wir, das ist lustig und dort gibt es eine nette Gemeinschaft. Und wenn du für alle eine Runde schmeißen willst..." „Dafür hast du hier in die Kasse gegriffen?" Es wurde für Georg das unangenehmste Gespräch, das er mit seinem Vater je geführt hatte. Letztlich konnte er sein Verhalten natürlich nicht schlüssig erklären. Und durch die überraschende Innenrevision war alles am frühen Vormittag aufgeflogen, eine Anzeige bereits geschrieben.

Nach dem Gespräch verließ Georg beinahe fluchtartig den Betrieb und ging zum Autoverleih schräg gegenüber, gab vor, für die Genossenschaft überraschend noch eine Fahrt machen zu müssen. Mit dem geliehenen VW-Käfer fuhr er sofort nach Hause – Ingrid war zum Glück nicht da, auch ihr brauchte er so nichts zu erklären – schmiss rasch einen Anzug, Hemden und Unterwäsche in den Koffer und verließ hastig die Wohnung. Helmstedt war sein Ziel, jetzt konnte nur noch die Ausreise in die DDR helfen. Hinter dem ´eisernen Vorhang` würde er sicher sein vor einer Strafverfolgung. Leider hatte er seinen Personalausweis vergessen. Es blieb ihm nichts anderes übrig als umzukehren und zurückzufahren.

März 1961

Ingrid hatte große Ängste. Der Tag der Einschulung von Ulrich stand bevor und er sollte, nein, er durfte nichts erfahren. Der Junge war im festen Glauben, sein Vater sei für ein Jahr auf einem Baggerführerlehrgang und deshalb nicht zuhause. Würden ihn Mitschüler hänseln, würde ihn irgendein Lehrer darauf ansprechen? Sie musste mit der Klassenlehrerin sprechen, hoffentlich hatte die Lehrerin Verständnis.

„Frau Kuhlmann, Sie werden sich vielleicht gewundert haben, aber ich musste sie dringend noch vor der Einschulung sprechen. Ich weiß, es hat in der Zeitung gestanden, über den Prozess gegen meinen Mann ist berichtet worden, über die Gefängnisstrafe ebenfalls. Aber mein Junge, der Ulrich, darf nichts erfahren. Georgs Unterschlagungen an seinem Arbeitsplatz sind schlimm, ich habe davon nichts gewusst, das müssen Sie mir glauben" – ihre Stimme wurde brüchig, dann fing sie sich wieder, es ging schließlich um Ulrich. „Können Sie mit den anderen Lehrkräften und dem Direktor sprechen?".

Einige Tage später holte Ulrich seine Mutter am Nachmittag wie üblich bei der Arbeit ab, der Fußweg vom Haus zur Arbeitsstelle war nicht lang. Seitdem der Vater auf dem Lehrgang war, hatte seine Mutter wieder angefangen zu arbeiten. Sie hatte keinen Beruf erlernt, war froh, dass sie in einer Druckerei Hilfstätigkeiten ausführen konnte, Prospekte falten, zusammenlegen und dergleichen. Es gab einen Grund, warum Ulrich sie abholte: sie blieb immer häufiger auf dem Nachhauseweg an einem Baum stehen, würgte und der Mageninhalt kam vollständig heraus. Ulrich tat dann so, als würde er unbeteiligt stehen bleiben. So hatte er wenigstens das Gefühl, sie nach Hause begleiten zu können. „Musste er nun nicht an Vaters Stelle auf die Mutter aufpassen?", fragte er sich häufig abends im Bett.

Als sie zuhause ankamen, ging es ihr schon wieder etwas besser. „Ich lege mich nur einen kleinen Moment noch auf das Sofa, dann gibt's Abendbrot". Sie lächelte ihn dabei an. Ja, so kannte er seine Mutter.

Beim Abendbrot konnte er von der Schule erzählen, es machte doch so viel Spaß. Und danach kuschelten sie sich gemütlich auf dem Sofa aneinander. In solchen Momenten erinnerte Ulrich sich immer daran, wie gerne er bis vor kurzem noch mit der Mutter die ´Nase-an-Nase-Küsse` ausgetauscht hatte – ´wie die Eskimos` – hatte die Mutter dann manchmal gesagt. Plötzlich hatte sie damit vollkommen aufgehört.

Samstag, 27. Oktober 1962

Die Eltern saßen vor der ´Tagesschau`, als Ulrich ins Wohnzimmer kam. „Pst, sei leise", sagte seine Mutter sofort, um dann gleich wieder zum Fernseher zu schauen. Ulrich verstand nicht viel von dem, was dort in den Nachrichten berichtet wurde. Er schnappte Wörter auf, ´Schweinebucht`, ´Kuba…`, auch ´Abwehrraketen` sowie ´Geheimdiplomatie` und ´Rückzug`. Er bemerkte, dass die Eltern nun weniger angespannt wirkten als in den Tagen zuvor. Da hatte er eines Abends mitbekommen, dass sie von einem möglichen neuen Weltkrieg sprachen und welche Konserven sie hauptsächlich kaufen sollten. Direkt nach dem Ende der ´Tagesschau` versuchte sein Vater ihm eine Erklärung zu geben: „Ulrich, es gibt zwei mächtige Staaten, die USA und die Sowjetunion, und es hätte beinahe einen Krieg zwischen ihnen gegeben. Chruschtschow, so heißt der oberste Führer in Russland, hatte Raketen nach Kuba gebracht und damit die USA bedroht und Kuba schützen wollen. Kennedy, der amerikanische Präsident, hatte daraufhin mit einem Luftangriff, also mit Kriegsflugzeugen gedroht. Nun waren aber erfolgreiche Verhandlungen! Es wird keinen Krieg geben, mein Junge!" Ulrich konnte sich zwar nicht richtig vorstellen, was ein ´Krieg` war, verstand aber immerhin, dass die Eltern wohl große Sorge gehabt haben mussten.

24. Dezember 1965

Die Kerzen am Tannenbaum waren angezündet, die Flammen flackerten ein wenig im Luftzug. Ulrich hatte am Morgen das Schmücken des Baumes übernehmen dürfen, die silberglänzenden Kugeln, das Lametta, die kleinen Schokoladenfiguren angehängt. Nur bei der Spitze hatte der Vater helfen müssen. Die Geschenke lagen schön eingepackt unter dem Baum. Ulrich spürte, wie sehr sich Vater und Mutter für ihn und mit ihm freuten. Aus dem kleinen Radio kam weihnachtliche Musik.

„Ulrich, du kannst jetzt mit dem Auspacken anfangen", ermunterte ihn die Mutter. Er guckte hoch und sah, dass sich sein Vater zu Mutter herüber beugte und ihr einen Kuss gab. Das hatte er lange nicht mehr gesehen. Doch die Mutter schüttelte sich und Ulrich hörte es ganz deutlich. „Was soll das denn?", zischte seine Mutter in Richtung Vater.

Nach der Bescherung gab es wie an jedem Heiligabend den leckeren, von Mutter in stundenlanger Kleinarbeit hergestellten Heringssalat. Sie machte immer so viel davon, dass auch die Nachbarn gegenüber und Onkel und Tante unten im Haus eine ordentliche Portion abbekamen. Für Ulrich war es wie immer schön, am Nachmittag die Treppe herunterzugehen und seinem Onkel, seiner Tante und seiner kleinen Cousine den Heringssalat mitzubringen. Er kannte es gar nicht anders, seit seinem dritten Lebensjahr lebten sie in dieser Hausgemeinschaft. Sein Opa hatte dieses Haus für seine zwei Töchter gebaut. Und seine Tante war manchmal wie eine zweite Mutter zu Ulrich.

20. März 2000

Ulrich freute sich, Ille hatte wieder mal schnell geantwortet.

„Lieber Ulrich,
im letzten Brief fragtest du danach, warum ich Lehrerin wurde, deine Mutter jedoch nicht. Nun, ganz vollständig kann ich dir das leider nicht erklären. Es hing wohl hauptsächlich damit zusammen, dass der Krieg 1945 endete und wir unsere Ausbildung noch nicht abgeschlossen hatten. Deine Mutter hatte vor jeder Prüfung Angst und sie brauchte die Abgeschlossenheit – oder soll ich sagen, Geborgenheit – des Internats, um das zu schaffen.

Ulrichs Gedanken schweiften vom Text ab: „Hatte seine Mutter in schwierigen Situationen nicht immer gekniffen?" Dazu erinnerte er sich an eine Szene beim Zahnarzt, er mochte neun oder zehn Jahre alt gewesen sein. Er selbst ging natürlich nicht gerne zum Zahnarzt, aber seine Mutter hatte wohl sehr große Ängste. Beide saßen im Wartezimmer, auf einmal waren Geräusche des Bohrers deutlich durch die geschlossene Behandlungszimmertür zu hören. „Komm Ulrich, wir gehen wieder", hatte seine Mutter unvermittelt gesagt, ihn an die Hand genommen und war mit ihm ohne Behandlung nach Hause gegangen. Als sie dann später ein Gebiss trug, sagte sie häufig, das Beste daran wäre, dass man es beim Zahnarzt einfach abgeben könne. Ulrich wandte sich wieder dem Brief zu.

Als uns bei der Schließung des Nazi-Internats der wei-
tere Ausbildungsweg aufgezeigt wurde, schmiss deine
Mutter hin. Sie traute sich die Prüfungen unter ande-
ren Bedingungen nicht zu. Und bald ging sie dann ja
auch nach Verden. Ich habe gehört, sie hat später in
Verden als Haushaltshilfe irgendwo gearbeitet. Wie
schade, denn sie war doch so intelligent. Lieber Ulrich,
heute geht es mir nicht so besonders, deshalb schreibe
ich mal nicht so viel...“

Ulrich überflog noch die restlichen Zeilen. Ihn beein-
druckte, wie Ille mit ihrer schweren Erkrankung um-
ging. Sie schien auf ein erfülltes Leben zurück zu
blicken.

Auf dem Weg zum geliebten CD-Player, das Saxofon
von Houston Person war während der Brieflektüre
schon länger verstummt, fiel Ulrich eine andere Szene
ein, in der seine Mutter gekniffen hatte. Und in der er
als Vierjähriger so fürchterlich enttäuscht wurde. Er
litt als Kleinkind ständig unter Erkältungen, häufig
verbunden mit heftigen Mandelentzündungen. Damals kappte man die Mandeln ein Stück, es wurde ein
Stück mit einer Zange abgeschnitten. Als dieser Eingriff bei Ulrich anstand, verschwieg ihm die Mutter
das, bereitete ihn in keiner Weise vor, erwähnte den
Arztbesuch nicht einmal. Stattdessen hatte sie ihm am
Morgen gesagt: „Ulrich, mein lieber Junge, du darfst
dir heute bei ʼPankratzʼ ein Spielzeugauto aussuchen.
Wollen wir losgehen?“ ʼPankratzʼ – sein Lieblingsla-
den: Er suchte sich die ʼIsabella ʼvon Borgward aus.
„Welch ein Wunder, schließlich hatte er heute nicht
Geburtstag und Weihnachten war auch nicht“, dachte

er noch beim Verlassen des Ladens. Sie gingen in Richtung Zuhause, doch in der Windmühlenstraße stoppte seine Mutter.

„Warte mal, wir müssen da noch eben beim Arzt rein." In der Arztpraxis sagte seine Mutter nur: „Ulrich, nun zeig dem Doktor mal deine neue Isabella." Mit diesen Worten ließ sie ihn stolz – und allein – ins Behandlungszimmer laufen, wo zwei Sprechstundenhilfen ihn zu einem hohen weißen Stuhl führten und ihn zwangen, für die Spitze den Mund zu öffnen. Der Stich tat höllisch weh. Dann kam der Doktor mit der Zange. Nach schrecklichen, nicht vergehen wollenden Minuten wurde er von einer der beiden Sprechstundenhilfen wieder ins Wartezimmer zurückgebracht. Er würdigte seine Mutter keines Blickes. Er war so enttäuscht, so wütend. Den gesamten Weg nach Hause sprach er kein Wort. Auch das verordnete Eis, das kühlend helfen sollte, den Schmerz zu lindern, konnte ihn nicht umstimmen. „Er würde nicht mehr mit der Mutter reden, nie mehr", nahm er sich vor.

30. Juli 1966

Die Stube war rauchgeschwängert, aber das war Ulrich gewohnt. Oft war das Fernsehbild etwas unklar zu erkennen, seine Eltern rauchten beide zu viel und gelüftet wurde am Abend erst vor dem Zubettgehen. Heute war das alles egal. Er durfte das Endspiel der Fußball-Weltmeisterschaft sehen! Sein Vater war ebenfalls ein echter Fußballfan, die Mutter, nun gut, sie saß immerhin dabei. Ulrich liebte diese Fußballübertragungen. Viele Jahre später würde er seiner

Frau einmal erzählen, dass er sprachlos am besten mit seinen Eltern kommunizieren konnte.

Ulrich spielte selbst mit großer Begeisterung in der Jugend des TSV Verden Fußball, außerdem bei Wind und Wetter draußen auf dem Bolzplatz. Selbstverständlich hatte er die WM in allen Einzelheiten verfolgt. Nun das Finale, England gegen Deutschland, im Wembley-Stadion, Anstoß um 16 Uhr.

Sekunden vor Schluss der regulären Spielzeit drückte Wolfgang Weber einen abgeprallten Ball ins Netz, im Wohnzimmer brach lauter Jubel aus, 2:2 – erstmals musste ein Endspiel um die Weltmeisterschaft verlängert werden, hatte der Reporter berichtet.

Ulrich und seine Eltern saßen wie gebannt vor dem Fernseher. In der 101. Minute des Spiels sahen sie, wie ein Schuss von Hurst an die Unterkante des deutschen Tores krachte, der Ball sprang vom Boden zurück und wurde von Wolfgang Weber ins Toraus geköpft. Obwohl etwa 50 m vom Tatort entfernt, deutete der sowjetische Linienrichter mit seiner Fahne sofort zur Mitte und der Schiedsrichter ging Richtung Mittellinie. „War der denn wirklich drin?", rief sein Vater erbost, „das kann doch nicht wahr sein, der gibt den Treffer!" Noch jahrzehntelang wurde darüber gestritten, ob dieses ´Wembley-Tor` nun wirklich eines war oder nicht – auf jeden Fall entschied es dieses Finale. Das 4:2 von Hurst gegen eine bedingungslos anstürmende deutsche Elf hatte nur noch statistischen Wert.

Ulrich konnte es kaum fassen, er hatte sich so sehr auf den zweiten WM-Titel der deutschen Mannschaft nach 1954 gefreut. Aber es sollte nicht sein. Ihm schmeckte das Abendbrot nicht, er ging früh ins Bett, konnte lange nicht einschlafen. Er hörte die Stimmen der Eltern durch die Wand. Heute redeten sie anscheinend mehr miteinander.

Ulrich freute sich auf die Jungs aus der Nachbarschaft und rannte zum nahe gelegenen Spiel- und Bolzplatz. Gestern, am Sonntag, hatten sie nicht das Finale nachspielen dürfen, aber heute: „Ich bin Bobby Charlton", sagte Rolf, „ich Hurst", war die helle Stimme von Klaus zu vernehmen. Weber und Beckenbauer wurden auch gewählt, selbst wenn ihnen vermutlich kein ´Wembley-Tor` gelingen sollte. Eigentlich bolzten sie jeden Nachmittag nach der Schule, stundenlang und unermüdlich. Wenn Ulrich verschwitzt und vollkommen ausgetobt abends nach Hause kam, schimpfte seine Mutter nie. Andere wurden schon mal angemeckert, dass sie wieder so viel dreckige Wäsche anschleppten. Seine Mutter hingegen freute sich offensichtlich daran, dass er so zufrieden nachhause kam. Dann schmierte sie ihm gerne ein Wurstbrot, das er manchmal sogar vor dem Fernseher essen durfte.

In ihrer Phantasie entwickelten sich Ulrich und die Nachbarschaftsjungen mindestens zu herausragenden Bundesligaspielern. Ab und zu taten sie sich zusammen, um ins ´Weserstadion` zu den Spielen von Werder Bremen zu fahren. Für fünf Mark konnte man sich einen Stehplatz als Schüler leisten.

Ein Sonntag im April 1969

Ulrich wachte aufgeregt auf, er sah sofort, dass sein neuer Anzug schon auf dem kleinen Sessel bereit lag. Heute war sein Konfirmationstag. Zum Frühstück gab es wie immer sonntags weich gekochte Eier und Toast. Wenn die Eier zu weich geraten waren, musste sein Vater immer das ´Glibbrige` essen, Ulrich ekelte sich davor, den Rest mochte er dann aber sehr gerne, vor allem das Gelbe. Er konnte sich nicht richtig auf das Frühstück konzentrieren und das lag nicht nur an seiner Konfirmation. Wenn der Vater nachher mal den Raum verließe, würde er seine Mutter rasch bitten, heute ausnahmsweise mal nicht schon am Vormittag Alkohol zu trinken. Er wollte auf keinen Fall, dass seine Mutter in der Kirche auffiel. Das musste sie doch für ihn tun können an so einem Tag.

Auf dem Weg zum Dom stellte Ulrich fest, dass sie ihr Versprechen nicht gehalten hatte. Es schien ihm jedoch nicht so auffällig, es würde schon gut gehen. Am frühen Nachmittag gelangen sogar noch die Fotos in der Wohnung, seine neunjährige Cousine blickte gerade zu dem Wellensittich auf seiner Schulter hoch, die Eltern standen berührungslos nebeneinander. Doch als es zu Bett ging, lag Ulrich wieder lange wach.

Er fürchtete die Nächte. Häufig hatte er schon große Ängste, nein – Panik – einzuschlafen, denn er glaubte, dass er dann vielleicht aufhören würde zu atmen. Er lag müde im Bett, spürte aber, wie sein Herz zu rasen begann, er atmete heftiger, „nicht einschlafen, nicht einschlafen, dann hört meine Atmung auf", dachte er an vielen Abenden. Er hatte es sogar mit Beten versucht. Er musste sich doch um seine Mutter kümmern, wenn sie in der Nacht wieder zur Toilette wankte. Was, wenn sie stürzte? Vater würde schreien, toben, ihr nur absolut unwillig helfen. Für diesen Fall musste er wach sein.

Oft wurde er von dem Geräusch geweckt, das seine Mutter verursachte, wenn sie sich im Schlafzimmer an der anliegenden Wand abstützte und sich langsam in Richtung Toilette hangelte. Ulrich hielt dann den Atem an. Meistens hörte er, wie das Geräusch Richtung Toilettentür wanderte. Vorher aber stellte der Lichtschalter eine große Herausforderung für seine betrunkene Mutter dar. Sie griff häufig daneben, er hörte das tapsende Geräusch an der Wand, bis sie ihn endlich traf und auch die Klinke der Tür fand. Es dauerte eine Ewigkeit, bis Ulrich dann endlich die Klospülung hörte. Der Deckel knallte häufig recht laut und unkontrolliert auf das Keramikgestell. Der Rückweg verlief entsprechend, wieder häufige Griffe neben den Lichtschalter, dann das Geräusch der abstützenden Hand an der Wand. Wenn das aufhörte, knarrte kurz darauf das Bett. Mutter hatte es gefunden. Und er brauchte lange, um wieder in den Schlaf zu finden.

12. April 1968

Ulrich kam aus der Schule nach Hause, er stürmte die Treppe hoch. Seine Mutter schaute ihn fragend an. „Mutter, wir haben heute bei unserem Deutschlehrer eine spannende Stunde gehabt. Ich muss dir davon erzählen. Er kam in den Unterricht, setzte sich schweigend hin und wedelte mit der ´BILD`-Zeitung herum. Dann sagte er: „Wisst ihr, dass die ´BILD` auf Rudi Dutschke geschossen hat?"

Ulrich erzählte dann beinahe atemlos weiter. Der Deutschlehrer hatte das Attentat auf einen der führenden APO-Studenten vom Vorabend in den Mittelpunkt der Stunde gestellt, seinen üblichen Unterricht nicht fortgesetzt. Und Jahre später würde Ulrich sich an diese Stunde erinnern, dies war der erste Schritt zu seiner Politisierung. Seine Mutter hörte ihm aufmerksam zu, die ´Tagesschau` gehörte zum abendlichen Familienprogramm und sie hörte auch häufig tagsüber Nachrichten im Radio. „Ulrich, welch ein Unsinn, wie soll eine Zeitung schießen können?" „Ganz einfach" – Ulrich hatte die Meinung des Deutschlehrers vollkommen zu seiner eigenen gemacht – „ die ´BILD` hat doch die gesamte Zeit über die Studentendemonstrationen gehetzt, unser Deutschlehrer hat uns daraus vorgelesen: ´Man darf auch nicht die ganze Dreckarbeit der Polizei und ihren Wasserwerfern überlassen´. ´Bild` rief Tage vor dem Attentat zum Ergreifen der sogenannten Rädelsführer auf, Mutter!" „Und du, oder sagen wir mal eher er, meint, dieser Bachmann, der geschossen hat, habe sich durch die ´BILD` dazu anstiften lassen?" „Genau", antwortete Ulrich.

Dieses Thema beherrschte dann auch das Abendbrot, Ulrich konfrontierte seine Eltern damit so hartnäckig, dass sie meinten, ihren Sohn gar nicht wiederzuerkennen. Ulrich jedoch war sehr zufrieden, endlich hatte er mit seinen Eltern mal ein richtiges Gespräch geführt.

Sommer 1990

Fast immer wenn Ulrich bei den Eltern vorbeischaute, lag seine Mutter im alten verblichenen Liegestuhl im Garten. Trotz des Sommers beinahe schneeweiß, nein kalkweiß im Gesicht. Die Lippen spröde, die Haare ergraut, die Augen ohne jeden Glanz. Er machte sich ernsthaft Sorgen.

Anfang der 60-er Jahre war sie bereits am Magen operiert worden. Alle hatten damals Angst gehabt, dass es Krebs wäre. Doch die Geschwüre waren gutartig, ein Drittel des Magens blieb ihr. Und jetzt? Sie war schon bei allen möglichen Fachärzten, hatte diese und jene Tabletten verschrieben bekommen. Eine vernünftige Diagnose gab es nicht. Sie wurde immer hagerer. Als sie dann in das Krankenhaus in Rotenburg eingeliefert wurde, rechnete Ulrich mit dem Schlimmsten. Doch die Diagnose war vollkommen anders als erwartet. Seine Mutter hatte vom ersten Tag an nach allen möglichen Tabletten, insbesondere Kopfschmerz- und anderen Schmerztabletten verlangt. Sie war offensichtlich medikamentenabhängig. Und erst als sie einige Tage keinerlei Tabletten bekam, um ihren Körper zu entgiften, konnte die tiefe Depressionserkrankung erkannt werden. Weder Hausarzt noch Fachärzte hatten zuvor das tatsächliche Problem erkannt, immer wieder Tabletten verschrieben.

Von der Rotenburger Klinik wurde sie nach 14 Tagen in die psychiatrische Abteilung des Landeskrankenhauses in Lüneburg überwiesen. Ulrich hatte darauf bestanden, sie fahren zu dürfen. Die Fahrt verlief

sprachlos. Ulrich wagte auch nicht, das Radio ein-
zuschalten. Seine Mutter schaute teilnahmslos auf die
Fahrbahn. Plötzlich drehte sie ihren Kopf zu ihm: „Du
weißt, warum dein Vater damals, als du eingeschult
wurdest, so lange weg war?" Ulrich schaute in ihre
Augen, sah die Kraftanstrengung, die sie diese Frage
gekostet hatte. Er nickte mit dem Kopf, hatte es von
seiner Cousine vor gerade mal fünf Jahren bei einem
gemeinsamen Campingurlaub mit ihr, ihrem Freund
und seiner Familie auf einer kleinen französischen
Atlantikinsel erfahren. Er war damals entsetzt gewesen, dass seine Cousine so viel mehr wusste als er.

Natürlich hatte er als Kind recht bald an dem
'Baggerführerlehrgang` seines Vaters gezweifelt,
schließlich war er danach nie Bagger gefahren. Er
hatte auch mal an eine Haftstrafe geglaubt, dann aber
vermutet wegen Alkohols am Steuer, schließlich trank
sein Vater immer recht viel.

Wie oft hatte er das so sorgfältig gebastelte bunte
Kettenkarussell betrachtet, das er vom Vater zu
Weihnachten 1960 geschickt bekommen hatte. Wie
viele Stunden hatte sein Vater damit zugebracht? Wo
hatte er so viel Zeit dafür gehabt? Warum war er nicht
einmal zu Weihnachten zu Hause? Die konkrete
Summe der Unterschlagung sollte er erst bei der
Nachlassverwaltung des Vaters im Jahre 1999 erfahren. Bis zum letzten Lebtag hatte er es nicht geschafft,
mit den kleinen monatlichen Raten alle Schulden zu-
rückzubezahlen. Welche Strafe, welche Qual für den
Vater, jeden Monat erneut daran erinnert zu werden.
Das erklärte dann auch, weshalb es bei Familienfeiern

immer wieder zu fortgeschrittener Stunde Streit gegeben hatte. Sein Vater war nach dieser Tat das ´schwarze Schaf` in der Familie, die Ehe zerrüttet. Und viele Freunde waren nicht geblieben, hauptsächlich Hannelore und Helmut, seine Patentante und ihr Mann.

Ulrich blickte wieder zu seiner Mutter herüber, sie drehte jedoch den Kopf zur Seite und sagte die gesamte Fahrt über bis zum Erreichen der Klinik in Lüneburg kein Wort mehr. Von diesem Tag an galt sie als ´Drehtürpatientin´. Wenn es ihr etwas besser ging, kam die Entlassung, wenige Monate später war es wieder soweit, es erfolgte eine erneute Einweisung. Bis sie letzlich als ´austherapiert` im Altenheim ´St. Johannis` in Verden untergebracht wurde.

1.Dezember 2004

Ulrich wurde von seiner Tochter ans Telefon geholt. „Papa, das Altenheim…" Eine Pflegerin teilte ihm mit wenigen Worten und einer Beileidsbekundung mit, dass seine Mutter soeben verstorben war. „Wir haben ihr das Mittagessen wie jeden Tag ans Bett gestellt. Als ich abräumen wollte, sagte ich zu ihr, dass sie ja kaum gegessen hätte. Sie schien schon wieder zu schlafen. Doch dann bemerkte ich, dass sie gar nicht mehr atmete."

Ulrich fuhr sofort zum Heim. Seine Mutter lag aufgebahrt in dem besonders hergerichteten ´Raum der Stille`. Er konnte es nicht fassen, es gab doch gar keine Anzeichen, dass der Tod so unmittelbar bevorstand.

Seine Mutter war am Sonntag so wie immer gewesen, so krank wie immer. Nun hatte sie offensichtlich einfach aufgehört zu atmen, es hatte ihr gereicht. Ulrich blickte auf seine aufgebahrte Mutter. Sie sah aus, als würde sie nur schlafen. Er traute sich nicht, sie zu berühren, denn dann würde er vielleicht spüren, wie kalt sie schon war. Sie hatte die vertraute Strickjacke an, der Mund war geschlossen, doch Ulrich meinte, ein leichtes Lächeln entdecken zu können. Kerzenlicht erfüllte den Raum.

Plötzlich hörte Ulrich sich reden: *„Ach Mutter, wie gerne hätte ich dir noch vieles gesagt. Nur warst du schon so lange nicht mehr für mich erreichbar. Ich hoffe, du hast es wenigstens gespürt, dass ich dich trotz allem geliebt habe. Letztlich warst du doch immer für mich da, jedenfalls wenn und soweit es deine Kräfte zugelassen haben."*

Nun nahm er doch ihre Hand, schreckte aber sofort zurück, die Kälte – sie fühlte sich nicht mehr lebend an. Dennoch konnte er nicht anders, als dann wieder über ihren Handrücken zu streicheln und danach über ihr Gesicht. Auch das war schon deutlich kälter als gewöhnlich. Er fuhr fort: *„Mutter, du hast mir alles, was in deinen Kräften lag, gegeben. Alle Zuwendung, die dir möglich war. Wie kann ich mich dafür bei dir bedanken?"*

Tränen schossen in seine Augen. *„Du hast so ein blödes Leben gehabt. Ja, eigentlich ein Scheißleben. Eine zerrüttete Ehe, ein behindertes früh gestorbenes Kind, dann kam ich..."* – nun schossen ihm Tränen in die

Augen, erst nach einiger Zeit konnte er weiterreden – *„ich glaube, du bist mit Vater nur meinetwegen zusammen geblieben. Wäre es aber mit einer Trennung nicht vielleicht für alle besser gewesen?"*

Seine Mutter behielt das leichte Lächeln bei. *„Nein, das meine ich ernst, Mutter."* Plötzlich realisierte Ulrich, dass seine Mutter ja gar nicht mehr reagieren konnte. Ihr Gesichtsausdruck würde bestehen bleiben, vollkommen unabhängig davon, was er sagte. *„Vater war doch auch unglücklich! Ihr habt so viel gestritten, es gab keine Liebe mehr zwischen euch, nachdem er damals nach dem Jahr zurückkam. Wenn ich nur an das eine Jahr Weihnachten denke, wo dich Papa küssen wollte und du angewidert reagiert hast... Das war doch kein Leben! Nun ja, ihr konntet es wohl nicht anders."*

Ulrich atmete tief durch. *„Mutter, ich suche nun deine Sachen zusammen. Die Pflegerin hat mich gebeten, für deine Beerdigung die passende Kleidung auszusuchen. Ich denke, du möchtest die Hausschuhe anhaben, die ne Strickjacke, den Rock mit dem braunen Muster. Soll ich noch irgendetwas hinzulegen?"*

Ihm fiel dazu aber leider überhaupt nichts ein. Das eingeschränkte Leben der Mutter in den letzten Jahren im Altenheim ließ dafür keinen Raum. *„Tschüß Mutter, mach´s gut."* Ulrich schloss leise die Tür hinter sich.

Verwendete Literatur

Soweit nicht gesondert ausgewiesen, sind Zitate dem Internet entnommen.

Begegnung mit Munch

Tanja Langer: „Der Maler Munch", Langen-Müller 2013

„Edvard Munch in Warnemünde", Edition A-B-Fischer, Berlin 2011

Ketil Bjørnstad: „Edvard Munch Ein Leben für die Kunst", Insel Verlag Berlin 2011

Mai Britt Guleng, Birgitte Sauge, Jon-Ove Steihaug (Hrsg.): „Edvard Munch 1863 – 1944"
Katalog zur Ausstellung Munch 150 in Oslo, dt. Ausgabe Gestalten Berlin 2013

Verena Borgmann, Frank Laukötter (Hrsg.): „Oda Krohg – Malerin und Muse im Kreis um Edvard Munch", Kunstsammlungen Böttcherstraße Bremen (Ausstellungskatalog Wienand)

ZEIT Geschichte „Anders leben", Zeit Verlag Hamburg, 2013

Im Tod vereint

Guenter Roese (Hrsg.): Frida Löber – Malen, zeichnen und gestalten – Zwischen Leben und Kunst, MCM ART Verlag Berlin, 2004

Gerlinde Creutzburg, Annett Gröschner, Inga Rensch (Hg.): Kunststück Ahrenshoop, Hinstorff Verlag Rostock, 2004

Friedrich Schulz: Ahrenshoop, Künstlerkolonie an der Ostsee, edition fischerhuder kunstbuch, 2005

Heinrich August Winkler: Der lange Weg nach Westen
Zweiter Band, Deutsche Geschichte vom `Dritten Reich´ bis zur Wiedervereinigung, Verlag C.H. Beck München, 2002

Thea Dorn, Richard Wagner: Die deutsche Seele. Knaus Verlag München, 2011

Der alte Mann am See

ZEIT Geschichte „Anders leben", Zeit Verlag Hamburg, 2013

Lutz Seiler: „Kruso", Suhrkamp Verlag Berlin 2014

Jon Kalman Stefansson: „Fische haben keine Beine" Piper Verlag 2015

Einen großen Dank an zwei Menschen, die mich bei der Entstehung dieses Buches sehr unterstützt haben: Dank an Petra Sehrt, die mich von der ersten Geschichte an als wohlwollend-kritische Leserin begleitet und an dieses Buch geglaubt hat sowie an Heike Vullmer, die zu einem späteren Zeitpunkt zu diesem Buchprojekt hinzukam, mich ebenfalls sehr motivierte und dann unverzichtbare konkrete Hilfe bei der Realisierung leistete.